AF393232

Die Autorin

Lisei Luftvogel, 1971 in Essen geboren, lebt und arbeitet in Ferrara als Deutsch- und Feldenkrais-Lehrerin. Abschluss des Philosophiestudiums in Perugia. Mitwirkung an der Jahreszeitschrift für Ästhetik *Davar,* Reggio Emilia mit Artikeln über W. Benjamin, R.M. Rilke und M.Basho. 2021 erschien in der Jahresanthologie der Textmanufaktur der Anfang dieses Romans.

Lisei Luftvogel

Anti

Roman

Die Autorin hat sich von ihrer eigenen Geschichte inspirieren lassen, dennoch ist der Roman reine Fiktion. Keine Person, die in der Erzählung vorkommt, existiert im realen Leben.

© 2023 Lisei Luftvogel
Umschlag, Illustration: Lisei Luftvogel
Lektorat, Korrektorat: Nina Bußmann

Druck und Distribution im Auftrag der Autorin: Lisei Luftvogel
tredition GmbH, Halenreie 40-44, 22359 Hamburg, Deutschland

ISBN 978-3-347-94001-7

Das Werk, einschließlich seiner Teile, ist urheberrechtlich geschützt. Für die Inhalte ist die Autorin verantwortlich. Jede Verwertung ist ohne ihre Zustimmung unzulässig. Die Publikation und Verbreitung erfolgen im Auftrag der Autorin, zu erreichen unter: tredition GmbH, Abteilung "Impressumservice", Halenreie 40-44, 22359 Hamburg, Deutschland.

Für Helga, meine erste Meisterin

We don't need no education
We don't need no thought control
No dark sarcasm in the classroom
Teacher, leave them kids alone.

(Pink Floyd)

1.

WIR, so fing mein Lesekurs an. Das erste Wort. *Wir* sei wichtiger als *ich,* erklärte mir Dora. Drei magische Zeichen. Den Papierbogen mit den großen in Schreibschrift geschriebenen Buchstaben zeichnete ich mit dem Finger nach. **W** *i* **r** stand für das Leben in der Gemeinschaft. *Wir,* das war nicht nur unsere Familie, es waren auch die Kinder aus der Gruppe Drei, die Studenten, die Freunde. Alle Menschen, mit denen wir in Beziehung gerieten. Das *Wir* war solidarisch. Ein mächtiges Wort. *Wir* als Gruppe waren stark, ich als einzelne verloren. Ich malte mit meinen Filzstiften das *Wir*-Gefühl, meinen Bruder Jo, Aljoscha und Nicole, andere Kinder aus der Gruppe drei, die Mitarbeiterinnen, Dora und Dieter, ihre Freunde, Kommilitonen aus der Uni, den Mann von der Pommesbude, die Frau von der Kasse bei Plus, den Getränke- und Zeitungshändler mit der dicken Hornbrille.

2.

Ich war schon sieben. Morgen begann die Schule. Die Schultüte kauften wir am Katernberger Markt. Eine blaue mit silbernen Sternen. Sie war riesig. Halb so groß wie ich. Ich war gerne am Katernberger Markt. Monte Caterno, sagte Dieter dazu. Auf der Spitze des zylinderförmigen Brunnens standen zwei Kater mit geschwungenen Schwänzen. Gegenüber war Rema. Zu Rema fuhren wir immer, wenn wir etwas Besonderes kaufen wollten, oder besonders viel.

„Such du aus“, sagte Dieter in der Süßwarenabteilung. Seine langen Locken bedeckten sein trauriges Gesicht. Genauso verloren wie ich blickte er auf die Regale. Es fühlte sich falsch an. Überraschungslos. Für Überraschungen war Dora zuständig. Sie war aber nicht hier. Sie sei zu den Kommunisten übergetreten, behauptete Dieter. Er sagte es, als wäre es gefährlich. In Wirklichkeit war es lustig in der Kommune in Bochum. Jo hatte Glück gehabt. Ihn hatte Dora mitgenommen. Er selbst bekam unsere Mutter zwar kaum zu Gesicht, denn sie musste für ihre Prüfungen lernen, aber das Programm in der Kommune war einwandfrei. Einmal pro Woche konnte ich es selbst erleben.

Kinder durften dort alles. Sie waren die Könige. Letzte Woche hatten sie dort diese langen Nudeln gekocht. Spaghetti hießen sie. Viel zu lang. Wie Würmer flutschten sie durch die Gabel. Ich stellte mich auf den Stuhl und zog die Gabel hoch und höher, die Nudeln nahmen kein Ende. Ich warf sie meinem Bruder ins Gesicht. Die Tomatensoße an den Nudeln färbte seine Wange rot. „Du blutest", rief ich. Er lachte und warf zurück. Wir katapultierten die Nudeln an die Wand. Die Tomatensoße hinterließ rote Spuren. Die Erwachsenen beobachteten uns. Alles war erlaubt. Einen Teil der Nudeln aßen wir mit den Händen. Mit der Gabel wären wir verhungert. Die Küche mussten wir nicht putzten. Das machte der Mitbewohner, der gerade Küchendienst hatte. Bei Dieter hätten wir aufräumen müssen, mindestens. In der Kommune dachte ich mir viele Spiele aus. Jo und ich zerrissen Zeitungen und füllten das ganze Zimmer damit, wir rollten den ganzen Klopapiervorrat durchs Haus, die Badewanne füllten wir bis zum Rand mit Wasser, sprangen hinein und eine große Welle schwappte über. Jedes Mal hatten wir einen neuen Mitbewohner, der uns zur Seite stand. Draußen verteidigten sie unsere kindliche Freiheit. Niemand durfte uns sagen, was wir zu tun hatten. Im Spielzeugladen konnten wir die eingeschweißten

Packungen öffnen und die Spiele testen. Unser zuständiger Erwachsener stritt derweil mit dem Ladenbesitzer, bis wir hinausgeworfen wurden. Mit den Kommunebewohnern an meiner Seite fühlte ich mich mächtig und geschützt. Auch Dora stritt auf der Straße für ihre und unsere Rechte. Sie gefiel mir, vor allem, wenn sie ältere Männer anbrüllte. Dann stellte ich mich neben sie, die Hände an die Hüften gestemmt. Dieter hätte auf der Straße nie so gebrüllt. Er duckte sich. Nur zu Hause schrie er Dora an, oder er schimpfte mit mir, wenn er Krümel auf dem Teppich entdeckte und feststellte, dass ich nicht richtig gesaugt hatte. „Ich bin doch nicht dein Sklave", sagte er dann.

Na schön, die Schultüte war meine Sache. Ich lächelte Dieter an, er lächelte verkrampft zurück. „Nun mach schon." Mein Vater schien kurz vor einem Heulanfall. Ich blickte von oben in den leeren Schultütenzylinder. Wie viel dort wohl reinpasste? Sollte ich die Schokolade direkt in die Tüte füllen? Lieber nicht. Ich wollte Dieter nicht unnötige Schwierigkeiten bereiten. Überraschungseier, dachte ich. Einen Haufen Überraschungseier. Ich zählte. Zählen konnte ich schon. Bis zwanzig. Ich nahm zehn. Nun war die Spitze voll. „Ich geh mal Bier holen", sagte Dieter und ließ mich allein. Hanuta, auch noch zehn. Dann Mars und Snickers und Bounty, so tolles Zeug hatte bestimmt kein anderes Kind. Dieter kam mit einem Kasten Stauder zurück. An der Kasse bezahlte er, ohne zu mucken. Sonst war er nicht so spendabel.

Nachdem wir in der Küche unsere Pommes aus den Pappschälchen verdrückt hatten, Dieter mit Currywurst, ich rot-weiß, sortierte ich meine Schultüte. Die Eier legte ich nach ganz oben, damit sie nicht zerquetscht wurden. Dieter öffnete die zweite Stauderflasche. Das letzte Mal in der Kneipe hatte ich sieben Gläser gezählt. Dieter meinte, nach einer gewissen Menge Bier würde er so seltsam reden wie unser Wellensittich. Mit oder ohne Sprechperlen, wollte ich wissen. Mit Sprechperlen natürlich. In die Schultüte passte wirklich alles hinein. Ich band die Schleife an dem Krepppapier zusammen. Die Schleife wurde ein Knoten. Unzufrieden zupfte ich daran herum. „Gib schon her", sagte Dieter. Zum Glück war er noch nicht zum Wellensittich geworden. Yogi saß aufgeplustert auf der Stuhllehne, seine Augen geschlossen. „Bring den Vogel mal ins Bett", sagte Dieter, „und du solltest auch gleich."

„Er schläft doch schon."

„Bei dem Licht kann keiner schlafen, der tut nur so."

Ich stellte die Tüte am Eingang ab und holte meine Schultasche, das Etui und den Malblock. Dora hatte die Stifte im Etui ausgetauscht. Ich roch an den Buntstiften. Lecker. Ich schloss es wieder und legte es in die Schultasche. „Wir hatten früher nur Griffelkästen und nicht so schöne Stifte“, sagte Dieter. Er war bei Flasche drei.

Ich fixierte meinen Vater. „Woran erkenne ich, dass du komisch wirst?“

Er zuckte mit den Schultern. „Morgen beginnt der Ernst des Lebens. Da musst du ausgeschlafen sein.“

Jetzt hörte er sich wirklich seltsam an, aber nicht wie Yogi, wenn er lustig auf meinem Finger hüpfte, an ihm knusperte und vor sich hinbrabbelte. Ich stellte mir Dieter als Wellensittich vor, mit einem weichen blauen Federbauch und musste lachen.

Das Telefon klingelte. Ich rannte in den Flur und nahm ab. Dora war dran. Ich sog ihre Stimme in mich ein. Wie eine Ewigkeit fühlte sich die Woche ohne sie an. Sie versprach, da zu sein, morgen bei der Einschulung. Jo sei schon ganz aufgeregt. Jo war immer aufgeregt, besonders an meinen Geburtstagen oder jetzt bei der Einschulung, sicher bekam er eine Überraschung von Dora. Was wir noch machten, wollte Dora wissen.

„Biere zählen und auf den Effekt warten.“

Sie lachte. So lustig fand ich das nicht.

„Warum kann ich nicht auch bei dir wohnen?“, fragte ich.

„Das geht nicht. Wir haben es doch so abgemacht.“

Mein Ärger über Jo wuchs. Er war in dem chilenischen Kinderladen und konnte schon ein paar Worte Spanisch. Er zog immer das bessere Los.

Eigentlich sollte ich schon im Bett sein, wiederholte Dieter. Morgen sei ein wichtiger Tag. Ich war sieben. Sieben ist eine wichtige Zahl, sagte ich mir. Mit sieben ist man groß. Da fängt der Ernst des Lebens an. Geheuer war mir das nicht. Der Biereffekt war immer noch nicht sichtbar. Dieter erzählte Unsinn. Ich ärgerte mich, dass ich immer wieder auf ihn reinfiel. Er war bei Bier sechs und immer noch kein Wellensittich, er sprach ganz normal. „Jetzt solltest du wirklich schlafen gehen.“

Ich verzog mich in das große Bett, das nur noch meins war. Vorher war es auch Jos gewesen. Das Zimmer fühlte sich leer an, ohne sein Geschrei. Ohne seine vielen Fragen, die ich ihm beantwortete, bis ihm die Augen zufielen. Sein freches Grinsen, sein Rumgehampel und sein nackter Arsch, den er mir immer zeigte, damit ich ihn anbrüllte und er über mich lachen konnte. Meine Geschichten waren ohne sein Ohr zu Waisen geworden. Ich holte mir das

Buch *Wo die wilden Kerle wohnen,* und blätterte darin. Mit Max im Wolfskostüm reiste ich mit dem Segelboot zu den Monstern. Ich hangelte mit ihnen an den Bäumen entlang und balgte im Geiste mit Max. Max fuhr nach Hause zurück, wo ihm seine Mutter das Abendbrot ins Zimmer gestellt hatte. Morgen würde ich Dora sehen.

3.

Ich zog Omas Blümchenkleid an. Den Stoff hatte ich mir selbst ausgesucht, im großen Stoffladen in der Innenstadt. Von einer riesigen Rolle war er abgeschnitten worden. Als die Oma noch lebte, hatte sie mich oft mit zum Einkaufen genommen. Sie hatte mich gelehrt, Seide von Acetat zu unterscheiden und Wolle von Polyester. Von einer Stoffrolle zur nächsten waren ihre Hände geflogen, sie hatte die Stoffe zwischen die Finger genommen und sanft an ihnen gerieben. Wenn das Gefühl in den Fingern stimmte, kaufte sie den Stoff. Der Stoff meines Kleides war aus reiner Baumwolle. Oma hatte mir Bauschärmel genäht und eine bunte Borte an den Saum. „Eine richtige Prinzessin braucht ein vernünftiges Kleid", hatte sie gesagt. Auch, dass echte Prinzessinnen mit Drachen befreundet seien, hatte sie mir auf dem Rückweg nach Hause verraten. Ein Geheimnis, das nur wenige kannten. Wie man sich mit diesen Tieren anfreundete, konnte sie mir nicht mehr erzählen. Plötzlich ging es ihr nicht mehr gut und sie kam ins Krankenhaus. Als sie starb, durfte ich nicht zu ihr. Sie sei grün, sagte Dora, das würde mir Angst machen. Ich hatte keine Angst. Ich war wütend auf Dora. Auf dem Friedhof wollte ich Oma wieder ausgraben. Aber sie war schon tot. Tot konnte sie nicht mehr sprechen. Dora mochte mein Blümchenkleid nicht. Sie trug nur Hosen, wie Dieter.

Ich öffnete die knallrote Tür zum großen Schlafzimmer mit dem Riesenbett, in dem mindestens sechs Leute Platz fanden. Jetzt schlief dort nur noch Dieter. Er war aufgestanden. Von der Veranda strahlte Licht herein. Direkt dahinter lag der noch leere Schulhof. Die Villa, in der wir wohnten, hatte früher einmal dem Schuldirektor gehört. Das hatte Dora erzählt. Jetzt waren Sozialwohnungen darin. Dieter hatte seine Beziehungen spielen lassen, wie er es nannte, sein alter Freund aus der Mau-Mau-Siedlung arbeitete im Wohnungsamt. Manchmal gingen wir ihn besuchen. Dieter schaute mit ihm Fußball im Fernsehen und ich langweilte mich schrecklich. Jetzt stand Dieter im Flur. Er trug ein hellblaues Hemd und kämmte sich die Haare nach hinten. Er sah falsch aus.

Der Morgen war kühl. Auf dem Hof mit den großen Kastanien standen Mädchen mit Lackschuhen, Kniestrümpfen und Kleidchen, Mädchen mit langen Zöpfen, Jungen mit kurzen Haaren. Ängstliche Kinder, an ihre Eltern gedrückt, über den Hof rennende Kinder, das Getuschel der Erwachsenen.

„Ich möchte lieber noch nicht in die Schule."

„Das geht nicht", sagte Dieter.

Hier sollte ich sicher nicht hin. Wenn Dora hier wäre und die Schule sehen könnte, würde sie es sich noch einmal anders überlegen, dachte ich, da entdeckte ich Aljoscha. Er winkte mir zu. Auf dem Schulhof war er der einzige Junge mit langen Haaren. Mit Aljoscha in der Nähe konnte mir nichts passieren. Er trug seine Indianerjacke mit den Fransen an den Ärmeln und grinste über beide Ohren. Aljoschas Vater klopfte Dieter auf die Schulter. Die beiden unterhielten sich.

„Was hast du in der Tüte?", fragte Aljoscha.

„Überraschungseier, Hanuta, Mars und Bounty, hab' ich selbstausgesucht", prahlte ich.

„Wow. Bei mir ist alles voller Schokolade. Tauschen wir nachher was?"

„Meinetwegen."

Aljoscha hatte ich im Kindergarten auf dem Klo kennengelernt. „Zeigen wir uns?", hatte er mich gefragt. Wir hatten einander erstaunt auf die Geschlechtsteile gestarrt. Er war kein Mädchen und ich kein Junge. Wir hatten gelacht. Eigentlich waren wir gleich, beschlossen wir. Wir waren Adler und Flugzeugbauer. Er kannte alle Sterne und ich malte sie ihm. Aljoschas Eltern trugen Jeans und Parka wie Dora und Dieter.

Nicole kam hinzu. Ihre Oma hatte sie gebracht. Nicole zitterte, ob vor Kälte war oder vor Angst, wusste ich nicht. Sie nahm meine Hand und drückte sie fest. „Setzten wir uns zusammen?", flüsterte sie.

„Ich sitz schon neben Aljoscha."

Aljoscha nickte.

„Aber du kannst in unserer Nähe sitzen."

„Dann geh ich halt mit Verena." Sie trat sich selbst auf den Fuß.

Wir wurden aufgerufen und sollten uns nach Klassen in Zweierreihen ordnen. Unsere Schultüten überreichten wir unseren Eltern oder Großeltern. Wo blieb Dora verdammt noch mal?

Die Lehrerin kam auf uns zu. Eine geschminkte Frau mit weißer Bluse, braunen Rock und Stöckelschuhen. Sie stellte sich vor. Frau Wiemers. Wir sollten sie siezen. „Guten Tag, Frau Wiemers", murmelten die Kinder. Ich schwieg. Noch nie hatte ich einen Erwachsenen gesiezt. Höflichkeit sei Aufgabe der Erwachsenen, sagte Dora. Ich brauchte nicht zu grüßen, zu bitten und zu danken. Dora stritt sich mit jedem Erwachsenen, der das von mir verlangte. Faschisten nannte sie diese Leute.

Ich drehte mich zu Nicole und Verena um. Nicole weinte lautlos. Sie tat mir leid.

„Bist du Türkin?", fragte mich der blonde Junge vor uns. Ich antwortete nicht.

„Natürlich ist die Türkin", sagte der andere Junge neben ihm, „dat siehse doch."

„Ich bin keine Türkin."

„Du trägst aber ein Türkenkleid."

„Was ist denn ein Türkenkleid?", fragte Aljoscha.

„Türken stinken", sagte der Blonde.

„Maja riecht besser als du, du Scheißer", sagte Aljoscha.

„Lass die in Ruhe, die sind von den Schmuddelkindern", sagte der andere.

Ich bin eine Drachenprinzessin, dachte ich. Aber die Jungen wussten es nicht, nur Aljoscha wusste es.

Wir sollten Frau Wiemers Hand in Hand die Treppen hinauf folgen. Aljoschas Hand war warm. Entschlossen fühlte sie sich an. Aljoscha konnte schon lesen, ich auch, aber er war schneller und las auch die Druckbuchstaben. Mit Aljoscha konnte nichts schiefgehen.

Im Klassenzimmer standen die Tische im Hufeisen. Aljoscha, Nicole und ich liefen nach hinten. Ich setzte mich zwischen die beiden. Neben Nicole setzte sich Verena und neben Aljoscha ein Mädchen mit Kopftuch. Ein großer, dunkelhäutiger Junge, streckte mir die Zunge raus. Die blöden Jungen von vorhin hatten sich nach vorne gesetzt. Nicole griff unter dem Tisch nach meiner Hand. Ihre

Hand war kalt, aber sie weinte nicht mehr. Wir sollten unsere Namen nennen und den Beruf unserer Eltern. Viele Väter arbeiteten unter Tage oder im Stahlwerk bei Krupp. Manche hatten keine Väter. Sie wurden bemitleidet. Einer sagte, sein Vater sei im Gefängnis. Ein Raunen lief durch die Klasse. Die meisten Mütter waren Hausfrauen. Ich war an der Reihe. „Mein Name ist Maja und meine Eltern sind Studenten.“

Student sei kein Beruf meinte Frau Wiemers, sicher sei meine Mutter auch Hausfrau. „Nein, meine Mutter ist keine Hausfrau“, beharrte ich. Hausfrau sei ein ganz wichtiger Beruf, behauptete Frau Wiemers und jede Mutter sei auch Hausfrau. So ein Unsinn. Ich schüttelte den Kopf. „Meine Mutter ist keine Hausfrau und Student ist ein Beruf“. Aljoscha gab mir recht. Frau Wiemers blickte uns mahnend an.

Wir sollten ein Bild mit unserer Familie malen. Ich malte zwei Häuser. Sie gefielen mir nicht besonders. Außerdem wollte ich hier raus. Ich ärgerte mich über Frau Wiemers. Dora war keine Hausfrau. Vielleicht war Frau Wiemers eine Faschistin. Ich flüsterte es Aljoscha ins Ohr. Er nickte. Nicole fand mein Bild schön. Sie malte sich, die Oma und den Opa. Dora sagte, Nicoles Opa sei im Widerstand gewesen. Das schien etwas

Besonderes zu sein, so wie Dora das sagte. Jetzt war er Arbeiter in Rente, das wusste ich von Nicole. Frau Wiemers kam hinzu. Sie lobte Aljoscha. Er hatte sich und seine Eltern gemalt. „Du kannst gut malen" lobte sie auch mich. „Aber ihr sollt keine Häuser malen, sondern eure Familie." Dora lobte mich nie. Sie gab mir nur Aufgaben. Ich schwieg. Warum begannen wir nicht zu schreiben. Deswegen waren wir doch hier, zum Schreiben und Rechnen. Ich malte mich und Dieter und den Wellensittich neben ein Haus und Dora und Jo neben das andere Haus zusammen mit den Kommunemitgliedern. Wie viel waren das nochmal? Ich zählte an den Fingern nach. Acht bis zehn. Ich malte acht. Frau Wiemers schüttelte bei dem Anblick meines Bildes den Kopf. Es war mir jetzt schon klar, einfach würde es hier nicht werden. Sie teilte Zettel für unsere Eltern aus und endlich durften wir gehen.

Unten wartete Dora mit meiner Schultüte auf mich. Ich umschlang sie und ließ sie nicht mehr los. „Die Schule ist doof, die Kinder sind doof", sagte ich, „und Frau Wiemers versteht gar nichts."

Dora gab mir mit ernstem Gesicht meine Schultüte zurück. Ich wusste, jetzt kam etwas Wichtiges und spitzte die Ohren.

„Ich habe lange darüber nachgedacht, das kannst du mir glauben. Wenn du jetzt nicht lernst, in der

Gesellschaft zurechtzukommen, wird es später noch schwieriger sein. Drumherum kommst du ohnehin nicht."

Ich nickte.

„Du hättest auch gleich in die zweite Klasse gehen können und dann ein paar Jahre überspringen, du lernst schnell. Aber glaube mir, es ist wichtig, dass du lernst dich in der Gesellschaft zu behaupten. Deswegen bist du jetzt hier. Schreiben und Rechnen lernst du sowieso. Ist das tragbar für dich?"

„Ich schaffe das schon", sagte ich. Dora war stolz auf mich, das spürte ich. Ich war ihre Große.

Aljoscha winkte mir zu, „bis später." Nicole wurde von ihrer Oma abgeholt.

„Wenn irgendetwas ist, sag mir sofort Bescheid."

„Egal was?"

„Egal was. Alles."

Doras Worte gaben mir Kraft. Durch ihren Blick wurde mir die Welt erträglicher. Sie hatte mir eine neue Aufgabe erteilt. Eine besonders schwierige.

„Was ist Gesellschaft?", fragte ich.

„Das sind Wir, und viele andere Gruppen, alle zusammen. Das kannst du dir jetzt noch nicht vorstellen. Alle Menschen, die zusammenleben und handeln und ihre Regeln."

„Gehören da auch die Lehrer und die Kinder dazu?"

„Ja, und auch die Verkäuferin im Supermarkt, der Mann an der Pommesbude, der Straßenbahnfahrer, die Professoren an der Uni, die Studenten, die Püttmänner, die Hausfrauen und viele andere Menschen, die du nicht kennst.“

„All das lernt man in der Schule?“

„Das und noch viel mehr.“

Sie hatte mich überzeugt.

Jo rempelte mich von hinten an und schrie mir ins Ohr.

„Mann du Penner.“

Er besaß ebenfalls eine Schultüte, eine kleinere. Sicher hatte Dora sie gefüllt. Wie immer trug er seine Pommeshose, so nannte er die Hose aus rot-grün kariertem Stoff. Dazu die viel zu kurze rote Felljacke, die an den Ärmeln hart geworden war, weil er sich damit den Rotz abputzte.

„Ich will auch in die Schule“, sagte er.

„Du bist noch zu klein.“

„Ich will aber“, brüllte er.

Dieter verabschiedete sich von einer Frau, die ich nicht kannte, und kam zu uns rüber. „Sollen wir was zusammen essen?“, fragte er.

„Jaaa“, jubelten Jo und ich.

„Ich muss gleich wieder los und Maja soll doch schon im Hort essen, da ist heute die Einweihung.“

Jo fielen die Arme runter. „Darf ich mit Maja zur Einwei?"

Dieter lachte.

„Da dürfen nur Schulkinder hin. Wir beiden Männer gehen gleich Pommes essen."

4.

Wilde Geschichten kursierten über den Hort, über eine Disco, Geld und Geisterwanderungen. Die Hortkinder ließen niemanden in ihr Revier. Alle Kleinen, die sich hierher verirrten, wurden von ihrer Wache gefasst und hinausgeworfen. Die Tür zum Hort zu öffnen, war für uns aus der Gruppe drei eine Mutprobe. Ich hatte es einmal versucht. Mehr als den Eingang hatte ich nicht zu Gesicht bekommen. Wenn man von außen durchs Fenster lugte, konnte man nur den vorderen Saal mit den Tischen sehen.

Ingrid, eine kleine, rundliche Frau mit schelmischem Blick empfing Aljoscha, Nicole und mich mit Handschlag. „Alles, was diese Schwelle übertritt, gehört allen", mahnte sie mit Blick auf meine Schultüte. „Du darfst die Süßigkeiten aber verwalten und in deinem Fach aufbewahren", fügte sie etwas versöhnlicher hinzu und zeigte uns die Fächer an der Wand neben dem Eingang. Jedes trug ein eigenes Namensschild.

„Kein Problem", sagte ich leise.

Ingrid zwinkerte mir zu. „Was man teilt, verdoppelt sich."

Die Kinder versammelten sich um uns herum. Ein Junge mit Stoppelhaaren streckte uns die Zunge raus. Ein größeres Mädchen verpasste ihm einen Schlag an den Hinterkopf, dass er zusammenzuckte.

Die Kinder beobachteten mich dabei, wie ich mein Fach mit den Süßigkeiten füllte, und fraßen die Leckereien mit ihren Blicken auf. „Wehe, jemand rührt unsere neuen Freunde an oder ihre Fächer“, tönte Ingrid. Jetzt sah sie aus wie ein Zirkusdompteur. „Der bekommt es mit mir oder mit Oswald zu tun.“

Oswald kannte ich. Manchmal war er im Kindergarten als Aushilfe dabei gewesen. Er hatte lange Haare und trug eine blaue Latzhose. Oswald mochten alle. Er erfand lustige Spiele, nahm die Kinder huckepack oder wirbelte sie durch die Luft.

„Wer holt das Essen?“, fragte Ingrid.

Ich warf einen Blick auf den hinteren Teil des Raumes. Bettlaken hingen an einer quer durch das Zimmer gespannten Kordel und versperrten die Sicht in den Hof. In beiden Ecken sah ich Podeste. Auf dem rechten standen ein Sofa, eine Kredenz, ein Tisch und ein paar Stühle. „Das ist unsere Theaterbühne und da sind unsere Wohnungen“, sagte der Stoppelhaarige.

Ein Wagen mit einem riesigen Topf, Tellern, Besteck und geschnittenem Brot wurde von zwei

Jungen hineingeschoben, gefolgt von Oswald. Er gab uns die Hand wie zuvor Ingrid. „Herzlich Willkommen", sagte er. „Das Essen holt sich hier jeder allein."

Die Kinder hatten sich schon am Wagen angestellt. Kein Gedränge, jeder nahm sich einen Teller und goss sich mit einer Riesenkelle Rindfleischsuppe ein. Dann noch ein Stück Brot, und die Kinder liefen vorsichtig mit den bis an den Rand vollgefüllten Tellern zu den Vierertischen und warteten auf die anderen. Mit einem Teller Suppe setzen auch wir uns an einen freien Tisch.

Ein Junge mit schwarzen Locken erschien an der Tür. „Wer zu spät kommt, kriegt nichts mehr", schrie ein Kind in seine Richtung, und der Junge warf seinen Ranzen zur Seite, rannte zum Wagen und machte ein erleichtertes Gesicht, als er in den Topf schaute. Die Kinder lachten. Er füllte seinen Teller und kam langsamen Schrittes zu uns. Beim Hinsetzen schwappte seine Suppe über.

„Mark", stellte er sich vor und behauptete, er solle uns in den Hort einführen. Dann stand er noch einmal auf und holte sich Essig und Maggi vom Wagen. Unmengen davon schüttete er sich in seine Suppe. Aljoscha boxte mich in die Rippen und grinste. Mark probierte, verzog sein Gesicht und begann einen endlosen Vortrag über Blut, Gehirne und Eiter. „Mir wird schlecht", sagte Nicole und schob den Teller weg, kaute aber weiter an ihrem Brot. Mark stürzte sich auf ihre Suppe wie ein ausgehungerter Hund. Ich konzentrierte mich, die blutig-eitrigen Vorstellungen nicht in Bilder umzusetzen und dachte an eine Blumenwiese, an Hummeln und wie das Gras an den Wangen kitzelte. Die Suppe schmeckte. Sogar vorzüglich. Aljoscha schien der gleichen Meinung zu sein.

Nach dem Essen holte ich zwei Mars, zwei Bountys und zwei Hanutas aus der Schublade und verteilte kleine Stückchen an alle. „Maja ist die Beste", rief jemand. „Hipp, hipp, hurra!" Der ganze Saal begann zu klatschen. Mein Gesicht wurde heiß.

„Kommt mit, ich zeig euch eure Wohnung", sagte Mark und zog mich hinter sich her in die Richtung der Laken. Aljoscha folgte uns und blickte mich argwöhnisch an. Mark schob ein Laken beiseite und wir standen in einer zeltähnlichen Bude mit einem Tisch, Stühlen und einem alten, ausgefransten Sessel. „Ich bin frisch verheiratet", sagte Mark, „wir haben erst ein Kind, aber mit den Jahren kommen neue."

Mark hob das Laken an der rechten Seite hoch und drückte uns in eine weitere Zeltbude. Ein großes Mädchen mit Hornbrille und Pferdeschwanz saß dort auf einem braunen Cordsofa und häkelte. Beim Essen hatte ich sie am Tisch von Ingrid und Oswald gesehen. „Silvia“, sagte sie, stand auf und streckte ihre Hand aus. Sie überragte uns alle um einen Kopf. In einem kleinen Regal sah ich unterschiedliche Tassen exakt im gleichen Abstand zueinander positioniert.

„Meine Sammeltassen“, sagte Mark.

„Ich mach unseren Gästen mal Kaffee“, sagte Silvia. „Nehmt Platz.“ Wir versanken zu dritt in dem kackbraunen Sofa.

„Wie viele Geschwister habt ihr?“, fragte Silvia.

„Einen Bruder.“

„Nur einen?“ Silvia rümpfte die Nase.

„Ich habe keine Geschwister“, sagte Aljoscha.

„Echt?“

„Ich auch nicht“, sagte Nicole kleinlaut.

„Wer ist denn bei euch dat Kind?“

„Kind?“, fragte ich.

„Zwei heiraten und eine dritte ist dat Kind. Aljoscha muss eine von euch heiraten.“

„Wieso denn Aljoscha?“, fragte ich.

„Er ist der Mann“, erklärte Mark.

„Wir heiraten nicht“, sagte ich.

„Wieso? Alle sind hier verheiratet.“

„Wir machen eine Wohngemeinschaft.“

„Wat is dat denn? Keine Spirenzchen. Seid ihr von den Hottentotten?“

„Hottentotten?“, fragte Aljoscha und lachte los.

Ich lachte mit.

Aljoscha schlug mir auf die Schenkel. Wir könnten nicht mehr aufhören. „Hottentotten“, wiederholte er.

„Hottentotten“, rief auch ich.

Nicole begann jetzt auch zu lachen.

„Hotten – Totten, Hotten - Totten, Hotten - Totten“, schrien wir zu dritt.

„Die sind balla balla“, keuchte Nicole und wischte mit der Hand durch die Luft.

Nur allmählich beruhigten wir uns wieder.

„Nich dat ihr wie die da untern Podest“, sagte Nicole.

„Die ficken“, sagte Mark.

„So ein Unsinn. Die knutschen nur“, sagte Silvia.

„Nein, die ficken.“

„Dat darf man nich sagen“, herrschte Silvia ihn an. „Du weißt ja gar nich, was dat is.“

Er zog die Schultern hoch.

„Ich weiß, wat dat is“, sagte Nicole.

„Sei still. Hier wird sich benommen.“

In unserer neuen Wohnung malten wir Schilder für unsere Fächer. Ich malte zwei Vögel, einen blauen und einen roten. Als Hintergrund malte ich gelbe, ockerfarbene und braune Quadrate. Die Technik hatte ich erst kürzlich durch einen Zufall entdeckt. Meine Stifte waren leer gewesen und deshalb hatte ich für den Himmel verschiedene Farben benutzt. Dora war begeistert. Ich sei eine große Künstlerin und male Quadrate wie Paul Klee sie male. Seitdem benutzte ich diese Technik öfters. „Maja hat schon einen Stil", sagte Dora. Eine der wenigen Gelegenheiten, bei der sie mich lobte.

Aljoscha wollte die Bilder tauschen. Er hatte einen Adler gemalt, den man nicht als Adler erkennen konnte. Nicole eine Prinzessin mit gelben Haaren.

Das Laken ging hoch und ein großer Junge mit grünem Pulli stand vor uns. „Ich bin Tommi, Marks Onkel. Ich bringe euer Geld." Er setzte sich, schob unsere Etuis beiseite und begann lilafarbene Geldscheine zu zählen. „Gerade frisch gedruckt", sagte er. „Den Zehner habe ich gemalt." Er hielt einen ins Licht.

Tommi erzählte uns seine halbe Familiengeschichte und die seiner Nachbarn. Niemand kenne seinen Vater. Aber auch bei seiner Mutter schien er sich nicht sicher zu sein. Seine Mutter war vielleicht seine Oma oder umgekehrt und seine Schwester war vielleicht seine Mutter.

Tommi jonglierte mit den Namen seiner Familienangehörigen und veränderte immer wieder ihre Bedeutung. Mark, wer war Mark? Tommis Neffe oder doch sein Bruder. Oder? Was konnte er noch sein? Tommi schlug mit der Hand auf den Tisch. Eigentlich sei es Firlefanz. Hauptsache, er lebe. Das war mal ein Satz. Wir nickten, obwohl ich wenig von dem verstanden hatte, was er uns da weismachen wollte. Er zählte das Geld auf drei Stöße, erst die Einer, dann die Zehner, dann die Zwanziger und zwei Fünfziger für jeden. „So, da habt ihr euer Geld!" Er schien zufrieden.

„In der Schlägelstraße seid ihr sicher, mein Ehrenwort." Er erhob seine Hand und klopfte sich auf die Brust. „Schlägelstraße 10." Und wer unter seinem Dach wohnte, sei mit ihm verwandt, ob Bruder, Onkel, Mutter, Oma oder Urgroßmutter, das sei einerlei. Seine Nachbarn in der Schlägelstraße 12 seien so viele, dass sie sich in den nächsten Jahren sicher verdoppeln würden. Silvias große Schwester habe schon mit fünfzehn ein Kind, mit dreißig würde sie vielleicht Oma sein. Auch bei den Gerkes kenne man die Väter nicht. Nur die Ältesten, die seien von dem alten Gerke, dem Püttmann, der nun mit seiner schwarzen Lunge in Rente war. Wenn der in der Küche saß, dann durfte niemand mehr atmen. Er trank dort leise sein Korn, bis er umfiel. Bei den

Gerkes waren sie zu zwölft, manchmal auch zu vierzehnt.

„Noch was." Er stand auf. „Ich bin der Bankmann, der Polizist und manchmal auch der Räuber." Bei dem letzten Wort grinste er. „Wisst ihr, Räuber braucht man auch. Wenn sich das Geld nicht mehr bewegt, dann braucht man Räuber. Wenn ich das Geld aus der Bank gestohlen habe, nehme ich mich fest. Dann drucken wir neu und teilen auf. Kommt die Tage mal auf die Bank. Dann lege ich euch ein Konto an."

Ich hörte Marks Schrei und zog das Laken unserer Wohnung beiseite. Ingrid saß mit Mark auf dem Podest. Wie ein wildgewordener Affe schrie er. Ingrid nahm ihn in den Arm. Er boxte sie. Ich hielt mir die Ohren zu. Aljoscha grinste. Nicole hielt sich auch die Ohren zu. In Ingrids Armen beruhigte Mark sich. Ich glaubte, er würde noch einmal losschreien und hielt mir weiter die Ohren zu. Mark griff nach Ingrids Arm und ließ sie nicht mehr los. Ingrid schnitt eine Grimasse und er lachte.

Neugierige standen vor Aljoschas Fach. Er hatte dort mein Schild mit den Vögeln angeklebt. Das seien Rot- und Blaukehlchen, erklärte er. Blaukehlchen gebe es nicht, meinte ein Mädchen.

„Unsinn", sagte ein anderes Kind.

„Wenn Maja ein Blaukehlchen malt, dann gibt es Blaukehlchen“, sagte Aljoscha.

„Ich möchte auch so ein Schild“, sagte ein Junge.

„Wieviel möchtest du dafür?“

„Fünf Mark“, sagte ich.

Er schlug ein.

Den Rest des Nachmittags verbrachten wir mit den Kindern im Gemeinschaftsraum und mischten Blut aus Wasserfarbe. Das Krankenhaus hatte drei Notfälle und brauchte Bluttransfusionen. Mark ordnete an, wie das Blut zu mischen war. Ich saß neben ihm. Er hatte mich zu seiner Assistentin ernannt.

5.

Manche Kinder wurden von ihren Eltern abgeholt, andere machten sich allein auf den Weg. Mark und ich mischten weiter Blut. Ihn holte niemand ab. Aljoscha trat seinem Vater ans Schienbein. Dann stand auch Dieter an der Tür. Ingrid erzählte ihm, Aljoscha sei eifersüchtig, nannte mich eine Herzensbrecherin und zwinkerte mir zu. Ich blickte zur Seite. Ich war keine Verbrecherin. Dieter strich mir über die Haare. Ich schüttelte mich.

Im Auto saß eine neue Frau, Rita. Knallroter Lippenstift, langes, gewelltes Haar. Sie trug einen Faltenrock wie Frau Wiemers. Warum musste Dieter so eine Olle mitbringen. Sie lächelte mich an. Ich streckte ihr die Zunge raus. Im Auto schmiegte sie sich an Dieter. Ihr Parfüm füllte den Wagen. Ich stemmte ihr die Füße in den Rücksitz. Dieter drehte das Radio auf. Bonnie Tyler sang *It's a heartache.* Sein momentanes Lieblingsstück. Es ging um Herzschmerzen und Liebeskummer hatte er mir erklärt. Jetzt sang er lauthals mit. Seine Stimme hörte sich kratzig an. „Mann, wo fahren wir hin?“, rief ich, als Dieter nicht wie gewöhnlich vor der Ampel abbog.

„Zu Rita.“

„Muss das sein“, brüllte ich. Mit den Füßen drückte ich noch tiefer in Ritas Rückenlehne. Sie beachtete es nicht, stattdessen erzählte sie mit piepsiger Stimme von ihrem Hund. Ich musste die Frau vergraulen, wie Dieters Letzte. Die mit dem Asthma. Auf der Hollandreise hatte ich die beiden die ganze Nacht wachgehalten. Ich trat heftiger in die Rückenlehne. Dieter sollte sich eine vernünftige Freundin aussuchen. Nicht so komische Trullas. „Verdammt noch mal, jetzt hör endlich mit dem Getrampel auf“, schrie Dieter.

„Ihr seid doch einfach bescheuert, ich will zu Aljoscha, du Blödmann. Oder zu Dora. Ich will nicht mit zu deiner doofen Freundin.“

„Du kommst jetzt mit und hörst endlich auf.“

Ich lehnte mich zurück und sagte nichts mehr. Den ganzen Weg bis Holsterhausen, wo wir von der Autobahn abfuhren. Der Blödmann hatte gewonnen. Ich ließ die grauen Straßen an mir vorbeiziehen, es begann zu nieseln.

Ritas Wohnung war klein und dunkel. Eine winzige Einbauküche und ein Wohnzimmer mit einer Ledercouch, davor ein Glastisch. In einem Wohnzimmerschrank standen Nippesfiguren wie bei Oma und Opa, Dieters Eltern. Ritas weißer Pudel schnüffelte an mir. Er trug eine bescheuerte rosa Schleife.

„Tripsy mag dich“, sagte sie. „Willst du eine Cola?“

„Nein.“ Das würde noch fehlen, mich von dieser Ollen mit Cola bestechen zu lassen. Ich dachte an Jo. Er wäre auf sie reingefallen. Er ließ sich immer auf Dieters Frauen ein und setzte sich sogar zum Schmusen bei ihnen auf den Schoß. Niemals würde es bei mir so weit kommen. Rita stellte mir ein Glas Wasser hin und holte Stifte und Papier raus, dann verdrückte sie sich mit Dieter in ein Zimmer, das ich nicht betreten durfte. Sie schlossen ab.

Ich beobachtete die hechelnde Tripsy. Vielleicht konnte ich den Hund zum Bellen bringen. Ich hob Tripsy hoch. Sie wedelte mit dem Schwanz. Dann ließ ich sie fallen. Tripsy jaulte. „Das ist nicht laut genug. Tripsy du musst lauter jaulen.“ Ich hob sie wieder auf und ließ sie noch einmal fallen. Sie wedelte immer noch. Dieses Mal jaulte sie noch nicht einmal. Ich stieg mit Tripsy auf einen Stuhl. Da ging die Tür auf und ein großer Junge stand im Raum. Er trug Jeans mit Schlag wie Dieter und Dora. „Hallo, ich bin Thomas.“ Ich ließ Tripsy wieder runter. Er ging in die Küche zum Kühlschrank. „Willst du auch ein Glas Cola?“, rief er zu mir rüber. Ach scheiß drauf, dachte ich mir.

Bei Omma Kaminski gab es auch manchmal Cola. Ich lugte durch die Tür. Er goss die braune sprudelnde Flüssigkeit bereits in zwei Gläser. „Und wie heißt du?" fragte er.

Ich durfte mit auf sein Zimmer. Es war wie die Küche winzig klein und voller hässlicher Möbel. Er tat mir leid. Thomas besaß ein großes Jo-Jo, das er mir auslieh, und einen Kran von Fisher-Price mit Motor, den er selbst zusammengebaut hatte. Er zeigte mir, wie man mit dem Kran Stifte und andere kleine Objekte transportieren konnte. Dann stand endlich Dieter im Wohnzimmer und wir konnten gehen.

6.

Aljoscha trug einen Rucksack. Lieber hätte er einen richtigen Ranzen besessen, wie wir alle. Schon die Indianerjacke und die langen blonden Haare sprangen jedem ins Auge. Doch die Kinder respektierten ihn, vielleicht, weil er eine richtige Familie hatte. Es wurde gemunkelt, dass Aljoscha und ich ein Paar seien. Mir konnten die Kinder gestohlen bleiben, sollten sie doch reden, was sie wollten. Hauptsache sie ließen uns in Ruhe. Das Kleid von Oma zog ich trotzdem nicht mehr in der Schule an. Heute trug ich einen hellgrünen Hosenrock und ein blaues Hemd.

Auf meiner Platte *Warum ist die Banane krumm* hatte ich gehört, dass man in der Schule stillsitzen lernte, um später bei der Arbeit von einem Chef ausgebeutet zu werden. Ich konnte mir nicht vorstellen, dass Dora das auch wollte. Ich sollte lernen, mich in der Gesellschaft zu behaupten. Dazu gehörte auch Frau Wiemers. Sie kontrollierte unsere Fingernägel. Wer Dreck unter den Nägeln hatte wie Thorsten, dessen Vater im Gefängnis saß, musste sie am Waschbecken putzen. „Ferkel", sagte Frau Wiemers. Auch Aljoscha wurde zum Waschbecken geschickt. Der grinste aber nur. Thorsten blickte traurig in die Klasse. Dora sagte, Kinder seien keine Ferkel und wer so was behaupte, sei ein Faschist. Auf keinen Fall solle ich auf solche Leute hören. Sie stritt sich an der Bude mit dem Verkäufer, als er sagte, „wenn Kinder etwas wollen, kriegen sie was auf den Bollen". Ich wusste nicht, was Bollen waren. Aber wenn Dora wütend wurde, musste es etwas Schlimmes sein. An unserer Wohnungstür hing ein gelbes Schild mit der Inschrift *Verbieten verboten*. Aljoscha und Thorsten zeigten der Lehrerin die Fingernägel, sie nickte. Zum Glück waren meine Finger sauber, denn Dieter behauptete, man bekomme Würmer, wenn man sich die Nägel nicht schrubbe. Er kontrollierte meine Finger jeden Abend.

Wir begannen Kringel, Schlaufen und Zacken nachzuzeichnen. Ich ärgerte mich über die Zeitverschwendung. Mit Dora hatte ich solche Imitationsübungen mit zweieinhalb gemacht. Warum saß ich hier bloß. Scheiß Gesellschaft. Ich malte, so schnell ich konnte. Vielleicht schaffte ich es, in einer Stunde das ganze Heft zu füllen.

Die Pausenglocke läutete und wir rannten in den Hof. Aljoscha allen voran. Als ich unten ankam, war er schon verschwunden. Die Jungen jagten die Mädchen, um sie zu küssen. Nicole rannte aufs

Mädchenklo und schloss sich ein. Ich setzte mich vor die Tür und hörte sie weinen.

„Lass die Scheißer doch kommen", sagte ich.

Sie schwieg.

„Wusstest du, dass echte Prinzessinnen kämpfen."

„Nein."

Tatsächlich stürzte kurze Zeit später eine grölende Bande ins Klo. Sie zerrten an mir. Ich versteinerte mich. Nicht atmen, dachte ich, totstellen. Sich schwer machen. Nicole war mucksmäuschenstill. Niemand bemerkte sie. Plötzlich stand Mark vor dem Klohaus.

„Was ist denn hier los?"

Die Jungen suchten das Weite. Mark kniff in meinen Arm.

„Aua."

Er lachte.

"Das tut weh, Mann!"

Nicole kam verheult aus dem Klo und stellte sich zu uns. Draußen stand Aljoscha.

„Hast du da etwa mitgemacht?", schrie ich Aljoscha an.

Er blickte zu Boden. „Nein."

„Wir müssen die Mädchen retten", sagte ich.

Nicole wollte wieder aufs Klo. Ich hielt sie fest. Mark war unsere Verstärkung. Aljoscha hatte gesehen, wo sie die Mädchen hinbrachten. Zu der Bank an der Turnhalle. Wir überzeugten Nicole mitzukommen und rannten los, hinter Aljoscha her. Auf der Bank waren die Mädchen meiner Klasse platziert wie Statuen. Die Jungen bewachten sie.

„Lasst die Mädchen frei“, rief Mark.

Die Mädchen fixierten uns entrüstet.

„Wir wollen nicht befreit werden“, sagte die schöne Anja.

„Keine?“, fragte ich.

„Nein“, wiederholten andere Mädchen.

„Haut ab, ihr Gesocks“, brüllte ein Junge.

Mark ballte seine Faust. „Willst du mal riechen?“

Die Jungen duckten sich.

„Maja und Nicole lasst ihr in Ruhe“, drohte Mark.

„Kein Problem. Die wollen wir sowieso nicht“, sagte ein Junge. Die Mädchen lachten.

„Dann ist ja alles geregelt. Mit euch wollen wir auch nichts zu tun haben“, sagte ich und wandte mich zum Gehen. Nicole folgte mir. Ich hörte Aljoscha auf den Boden spucken. Die Schulglocke klingelte.

7.

Die Hundewiese war der einzige grüne Fleck vor unserer Haustür und den mussten wir Kinder mit den Hunden teilen. Es stank nach den Abgasen der Zeche und nach Hundescheiße. Nur Meister behielten saubere Schuhe. In dem niedrigen Haus gegenüber wohnte Aljoscha. Ich wich den Scheißhürden aus und beachtete genau, wo ich meinen Fuß hinsetzte. Am Wiesenrand lagen die leeren Flaschen der Trinkbrüder. Die Trinkbrüder standen immer an der Hinterseite der Plakatwand. Von der Straße aus sah man sie nicht. An der Bude nebenan holten sie sich ihr Bier. Der mit der Hornbrille und dem Trainingsanzug war immer dort, er gehörte zur Plakatwand. Aljoscha nannte ihn Otto. Wie er wirklich hieß, wussten wir nicht. Er überließ uns manchmal seine Flaschen, die wir an der Bude gegen Klümpchen eintauschten.

Es begann zu regnen. Ich erreichte den verrotteten Zaun und kletterte hinüber. Der Wind blies mir den Rock hoch, dass der Stoff am Zaun hängen blieb. Es ratschte, als ich auf die andere Seite hinunterkletterte. Durch das Loch im Stoff konnte ich meinen Arm stecken. Der Regen wurde stärker, meine Haare waren schon ganz nass. Aljoscha winkte am Fenster.

Im Hausflur roch es muffig und nach Abfall. Die Wohnungstür stand offen. Aljoscha war allein. Wir legten uns auf sein Hochbett. Der Regen prasselte an die Scheiben.

„Die schöne Anja hat uns zusammen nackt gesehen", sagte Aljoscha. „Jetzt weiß es die ganze Klasse." Ich zuckte mit den Schultern. „Wir sind doch sowieso die Schmuddelkinder." Wir lachten. Aljoscha schlug mir ein Kissen auf den Kopf, ich kitzelte ihn, bis er das Kissen wieder weglegte. Dann nahm er mich in den Schwitzkasten. Erschöpft ließen wir uns zurückfallen.

„Maja, meinst du die anderen sind wie wir?"

„Nee. Nackt sein ist schlimm für sie", sagte ich.

„Anja hat mich gefragt, ob wir uns schämen."

„Und sie sagen die Türken stinken."

„Sie sind dumm. Mehmet riecht nach Rosen und Tünjars Kopftuch auch, ich habe heute an ihnen gerochen."

„Echt?"

„Ja, heute Morgen, in der Pause. Sie glauben an Allah."

„Ihre Eltern sind nur arme Leute", sagte ich.

„Ja, wie Thorsten."

„Genau."

Wir kamen zu dem Schluss, dass Tünjar und Mehmet nicht in den Religionsunterricht mussten, weil sie an Allah glaubten. Wir mussten nicht hin, weil wir an nichts glaubten. „Ihr kommt in die Hölle", hatte eine Mitschülerin zu Aljoscha gesagt. Für uns war der Glaube an Gott genauso ein Unsinn wie die Scham vor Nacktheit.

Wir lasen im *Anti-Struwwelpeter*, wie die Kinder dem Schneider die Hose stahlen. Schon oft hatten wir darin gelesen. Draußen fuhr der Wind durch die Bäume. Aljoscha legte das Buch beiseite. „Lass uns einen Flugtest machen", sagte er und sprang hoch. „Robert fliegt mit dem Regenschirm, das können wir auch."

Mit einem großen Schirm wanderten wir durch den Hof zur Überdorferstraße, an der Bude und an der Plakatwand vorbei. Dicke Wasserblasen bildeten sich auf dem Bürgersteig. Die Trinkbrüder waren verschwunden, die leeren Flaschen hatten sie nicht mitgenommen. Später würden wir sie einsammeln. Wir stellten uns vor, wie sich die Scheiße auf der Hundewiese mit der Erde vermischte und zu Schlamm wurde. Ein kleiner Weg neben der Wiese führte zu meiner Wohnung. Dort wollten wir es versuchen. Aljoscha hielt den Schirm in die Luft. Eine starke Böe ergriff uns und den Schirm und zog uns leicht in die Höhe. Wir schrien. Beim richtigen Windstoß würden wir abheben wie der fliegende Robert. Wir würden durch die Luft gleiten, über die Häuser, die Schule und den Pausenhof, die Zeche Zollverein, hinweg über die schlotenden Schornsteine, die wie Drachenmäuler Schwefel spuckten, über die Kohlenhalden und die Dächer der Bergarbeitersiedlungen, und dann weiter hoch in die Wolken, zur Ruhr, zum Rhein, den Rhein entlang bis nach Holland ans Meer. Wir versuchten Schwung zu bekommen. „Schiefhalten", schrie ich. Noch ein heftiger Windstoß. Wir lachten. Der Käfer von Aljoschas Eltern hupte am Straßenrand. Sein Vater kurbelte das Fenster runter.

„Was macht ihr denn da. Ihr seid ja schon ganz nass" rief er in unsere Richtung.

„Flugübungen", schrie Aljoscha zurück.

„Macht nicht so lange, ja?"

„Warum?"

„Ihr erkältet euch sonst."

Der Käfer knatterte Richtung Plakatwand weiter.

Zum Aufwärmen kamen wir in die Badewanne und schmiedeten den Plan, Propeller an den Schirm anzubringen. Aljoscha tauchte unter. Wasser schwappte über den Rand. Diesen Abend lief *Yellow*

Submarine im Fernsehen. Bei mir zu Hause gab es keinen Fernseher. Dora war dagegen. Um Filme mitzugucken, übernachtete ich bei Aljoscha. Auf den Film heute Abend freuten sich Aljoschas Eltern besonders. Er sei psychodelisch, sagte Aljoscha. „Was ist psychodelisch?", fragte ich. Aljoscha schien es selber nicht zu wissen, wollte es aber nicht zugeben. Er sagte „Psychodelisch ist eben psychodelisch, das kann man nicht erklären."

Durch die offene Tür hörten wir, wie die Wohnung sich mit Stimmen füllte, Freunde von Aljoschas Eltern. Früher hatten wir auch immer viel Besuch gehabt, aber seit Dora weg war, benutzten nur noch Dieter, Yogi und ich die große Wohnung. Und manchmal eben eine von Dieters Frauen. Abends zählte ich Dieters Biere. Er hatte sich immer noch nicht in einen Wellensittich verwandelt.

Wir tauchten unter und zählten, wie lange wir die Luft anhalten konnten. „Ein Submarine ist ein Unterseeboot", sagte Aljoscha.

„Mein Gott, war hier ein Sturm", sagte Aljoschas Vater, als er uns aus der Wanne holte. Wir hatten das ganze Bad unter Wasser gesetzt.

Ich rief zu Hause an, um Bescheid zu sagen, dass ich bei Aljoscha übernachtete. Dieter wollte sowieso zu einer Freundin. Wahrscheinlich wieder die Olle mit dem dummen Hund. Sicher würde es Dieter nicht lange mit ihr aushalten. Nie hielt er es lange mit fremden Frauen aus. Morgen früh sei er wieder zu Hause.

Den späten Nachmittag verbrachten wir mit der Konstruktion der Propellerteile. Wir schnitten sie aus Pappe aus und klebten sie mit Paketkleber fest. Draußen hatte es aufgehört zu regnen. Wir betrachteten den Sonnenuntergang am Fenster. Beim nächsten Sturm würden wir den Propeller-Schirm ausprobieren.

Zum Essen gab es Auflauf mit seltsam schmeckendem Gemüse. Vom Türken. Bei uns gab es so ein Gemüse nicht. Die Erwachsenen rauchten eine riesige Zigarette. Das Wort psychodelisch fiel wieder. Das Essen war sicher psychodelisch. Das Wort musste etwas mit Fremdheit zu tun haben. Wir saßen vorne, direkt vor dem Bildschirm. Ein Zeichentrickfilm mit Musik von den Beatles. Wir sangen die Lieder mit. Die Handlung war mir nicht ganz nachvollziehbar. Aber psychodelisch gefiel mir. Bunt und erfinderisch. Mit unserem Propellerschirm wollten wir nicht mehr nach Holland, nein nach Pepperland wollten wir reisen. Dafür mussten wir die Propeller umbauen. Die aus Pappe waren unter Wasser nicht geeignet. Wir mussten auch noch weiter tauchen üben.

In Aljoschas Hochbett skizzierten wir die neuen
Propellerteile und wechselten uns beim Halten der
Taschenlampe ab.

8.

Der große rote Wecker klingelte. Dieter blieb im Bett. Für die Uni musste man nicht so früh aufstehen. Ich machte eine Katzenwäsche im Bad. Dieter wollte, dass ich mich richtig wusch. Wenn er wach war, kontrollierte er das. Meine Augen brannten. Ich wollte auch lieber zur Uni. Früher hatten mich Dieter oder Dora dorthin mitgenommen. Der Professor saß ganz weit entfernt und alle schrieben mit. Ich kritzelte auch etwas, oder ich malte. Wenn es mir zu langweilig wurde, krabbelte ich unter den Stühlen der Studenten durch, öffnete ihre Schnürsenkel oder setzte mich woanders hin. Die Studenten waren nett zu mir. Sie streikten, wenn ihnen etwas nicht gefiel. Dann diskutierten sie, druckten Flugblätter oder machten Musik. In der Uni war es viel lustiger als in der Schule und man wurde auch nirgends verprügelt. Ich wollte so schnell wie möglich wachsen, um in die Uni zu kommen.

Die Sonne schien auf den leeren Schulhof hinter unserem Küchenfenster. Ich holte das Brotmesser raus und sägte an der dunkelbraunen Kruste. An einer Seite wurde die Scheibe dick, an der anderen hauchdünn. Ich drehte das Brot um und sägte eine zweite Scheibe. Sie wurde genauso krumm. Kanten nannte Dieter meine Scheiben. Ich schnitt noch zwei weitere für Mark. Sie waren auch nicht besser. Man brauchte sicher viel Übung, um so haargenaue, dünne Scheiben wie Dieter hinzubekommen. Am Wochenende, wenn wir zusammen frühstückten, schnitt er sie für mich. Im Kühlschrank lag noch ein altes Stück Gouda und ein Rest Leberwurst. Ich schmierte die ganze Leberwurst auf unsere Brote und ging los. Zehn Minuten früher, so hatte ich es mir angewöhnt. Um die Zeit stand noch niemand vor der Sonderschule, auf dem Weg zu unserem Schultor. Die lebensgefährlichen Sonderschüler besaßen Messer. Wenn sie mich erwischten, sei ich dran, hatte Mark gesagt. Er rannte zur Schule, so könne er schlechter erkannt werden. Ich hatte keine Lust zu rennen.

Auf dem Schulhof hoben die Jungen die Röcke der Mädchen, manche Mädchen weinten, weil sie sich schämten. Nie hätte ich den Jungen die Genugtuung gegeben zu weinen, aber die Einzige, die meinen Rock lüftete, war ohnehin Nicole. Am liebsten hoben die Jungen den Rock der schönen Anja, die dann jedes Mal rot anlief. Anjas Haare wurden jeden Morgen eine halbe Stunde von ihrer Mutter gekämmt. Sie meinte, ich sei ungepflegt und meine

Mutter schmiere mir keine Brote. Die schöne Anja war ein Mamakind. Deshalb weinte sie auch so viel. „Ich kann meine Brote selbst schmieren, du blöde Kuh", schrie ich sie an. Trotzdem beneidete ich sie um die feinen Weißbrote ihrer Mama. Besonders, die mit den abgeschnittenen Brotkanten. Oder die dreieckigen Toastbrote. Ich stellte mir vor, reinzubeißen, ohne Zähne, nur mit den Lippen. Das Brot würde mir auf der Zunge zergehen. Die schöne Anja ernährte sich nur von zartem Brot. Hartes Dunkelbrot war nur was für zähe Kinder wie mich. Für Kinder, die gelernt hatten, zu kauen. Anja wurde zur Prinzessin erzogen, sie ertrug nur Weichbrot.

Nicht alle Kinder bekamen, was sie sich wünschten. Manche erfuhren es erst beim Blick in die Brotdose. Enttäuschte Blicke, freudige Blicke, Gleichgültigkeit. Manchmal warfen sie die Brote weg. Vielleicht hatte ich es doch besser mit meinen Kanten, dachte ich dann. Niemand beneidete mich darum, aber ich konnte den Belag wählen. Meine Brote schmeckten, obwohl man viel kauen musste. Nicole wollte immer davon abbeißen und Mark behauptete, sie schmeckten himmlisch. Mark war schlau. Er bestellte sich die Brote bei mir. Ich schmierte immer eine doppelte Portion. Dieter wusste nichts davon. Er glaubte an mein Wachstum. „Wächst du schnell", sagte er manchmal. „Was wächst, braucht Energie." In meinen Broten war viel Energie. Viel mehr als in Anjas.

Wir teilten den Pausenhof mit den Sonderschülern. In der Pause hielten sie sich hinter der Turnhalle auf und rauchten. Dort durften wir nicht hin. Es war ihr Revier. Aljoscha behauptete Mark sei ein Angsthase. Er überredete mich, ihn hinter die Turnhalle zu begleiten. Ich wollte kein Feigling sein.

Mein Herz klopfte bis zum Kopf, als ich mich mit Aljoscha durchs Gebüsch an der Turnhallenwand drückte. Wir spähten um die Ecke. Ein paar große Schüler standen dort und rauchten tatsächlich. Aljoscha rief „Hallo". „Bist du verrückt?", zischte ich ihn an. „Hallo du Furzknoten", antwortete ein Junge. Jetzt würden sie sich uns vorknöpfen, ich hielt mich in Deckung. Aljoscha tat ein paar Schritte vor. „Hast du mal ne Zigarette?", fragte er. Ich zählte sechs Jugendliche. Drei von ihnen trugen Jeansjacken. Einer der Jungen zog sein Päckchen raus und hielt es ihm hin. Aljoscha ließ sich Feuer geben und inhalierte. „Ey Kleiner, bist 'n Taffen." Der Junge klopfte Aljoscha anerkennend auf die Schulter. Ein anderer Junge spuckte auf den Boden. Aljoscha winkte mir zu. Vielleicht waren sie ja doch nicht so gefährlich, dachte ich und trat aus meinem Versteck. Ich sollte an der Zigarette ziehen und musste husten. Die Großen lachten.

„Ihr Furzknoten dürft nix ausplaudern, is dat klar."

Wir nickten.

„Wir haben hier Messer, wer plaudert, dem schneiden wa wat ab."

Ich schluckte.

„Ja", sagte Aljoscha leise.

„Und jetzt haut ab, dat is hier nix für Kleine."

Wir schlenderten zurück auf unseren Hof, an der Bank vorbei, wo die Mädchen geküsst wurden und lachten.

Mark rannte aus der Schule raus. Wir rannten mit, obwohl wir keine Angst mehr vor den Sonderschülern hatten. Wir rannten über den kleinen Weg, an der Hundewiese vorbei. Ich bekam Seitenstechen. Erst beim Birnbaum vor dem alten Dortmannhof hielt Mark. „Bald sind die Früchte reif", sagte er. Edelbirnen nannte er sie.

An der Ampel stand ein großer Junge, einer der Asis aus der Gelsenkirchener Straße, meinte Mark. Wir näherten uns und begriffen zu spät, dass er uns feindlich gesinnt war. Seine Haut war so weiß wie Milch. Die wasserblauen Augen stachen. „Dat is mein Revier“, sagte er. Mark wollte umdrehen, doch der Junge packte ihn. „Ey du Scheißer.“

„Hast du Hunger?“, fragte ich. Sofort ließ er Mark los.

„Habt ihr wat zu kauen?“, fragte er.

Ein Kloß bildete sich in meinem Hals. Ich nahm den Ranzen ab und öffnete ihn unter seinen Blicken. Unterdessen wurde es grün, Mark, Aljoscha und Nicole rannten über die Straße. Der Junge hielt mich fest. „Nich abhauen.“ Hilfesuchend sah ich zu Mark und den anderen rüber, aber sie schauten sich nicht einmal nach mir um. „Ihr Ärsche“, fluchte ich leise. Der Junge stierte auf mein Brotpapier.

„Womit is die Schnitte?“

„Leberwurst. Ist nur ein halbes Brot.“

„Gib ma her.“

Er biss in das Brot und kaute. „Morgen möchte ich wieder eins, kapiert?“

Ich nickte mit trockenem Mund. Plötzlich stand jemand neben uns, Walter. Der Romajunge aus meiner Klasse überragte auch den Weißling aus der Gelsenkirchener. Lautlos wie eine Katze hatte er sich genähert und hielt dem Jungen eine Faust unter die Nase. Seine Eltern seien Verbrecher, hieß es. Er war schon zehn oder elf und trotzdem in der ersten Klasse. Meine Mitschüler machten einen Bogen um ihn.

„Wer sie anfasst, bekommt es mit mir zu tun. Haben wir uns verstanden, Freundchen? Künstler darf man nicht anrühren.“

Walter zwinkerte mir lächelnd zu. Der bleiche Junge starrte auf den Boden. Walter ließ in los und der Junge machte, dass er wegkam. Die Väter der Asozialen saßen im Gefängnis, hieß es, oder sie waren arbeitslos, deshalb durften die Kinder aus meiner Klasse nicht mit ihnen spielen. Ich gab Walter die Hand und bedankte mich. „Künstler haben in meiner Familie hohes Ansehen“, sagte er mir. Für meine Rettung versprach ich ihm ein Bild.

Mark, Aljoscha und Nicole konnten mir gestohlen bleiben. Mit solchen verdammten Angsthasen wollte ich nichts mehr zu tun haben. Mark wartete bei Brinkmann auf mich. Ich lief an ihm vorbei, ohne ihn zu beachten. „Wir hatten keine Brote wie du“, rief Mark und lief mir nach. „Ohne Brote hätte er uns alle verkloppt.“

„Ihr seid bescheuert. Er war doch schon satt.“

„Die von der Gelsenkirchener sind nich so schnell satt, hömma.“

Vielleicht hatte er sogar recht. Ich blieb stehen. Dass Walter mich gerettet hatte, erzählte ich nicht.

„Wo sind denn die anderen?“

„Bei Brinkmann, ein Messer kaufen.“

Ich schaute zurück und sah Aljoscha und Nicole aus dem Geschäft kommen.

Wie ein Hund guckte mich Aljoscha an. Von Nicole hätte ich nichts anderes erwartet, aber Aljoscha. Noch bei den Sonderschülern hatte er den Dicken gespielt. Er zog ein rotes Taschenmesser aus der Hose. „Für mich?" Er nickte. „Entschuldige für gerade." Ich klappte es auf und befühlte die scharfe Klinge. „Danke", murmelte ich. Aljoscha holte Schnupftabak aus der Tasche und legte sich eine Spur auf die Hand. Tabak für Kinder, behauptete er. Dann zog er ihn kräftig ein. Er musste niesen. Als Nächstes bekam ich eine Spur. „Tut das in der Nase weh?", fragte Nicole. Ich zog ein und zwang mich, nicht zu niesen. „Ach was", sagte ich. „Du hast aber rote Augen." Mark lachte. „Gib ma her."

Von der Brücke spuckten wir auf die vorbeiratternden Kohlenwagen. In jeden spuckten wir einmal. Nicole behauptete, dass der Junge von der Bude hier seine Beine verloren habe, das habe ihr seine Mutter erzählt. Auf Kohlenwagen springen sei ein Sport der Großen. Ich stellte mir vor, von der Brücke auf die harten Kohlen zu fallen. Nein, das war nichts für mich.

„Unsinn", sagte Aljoscha.

„Frag doch die Frau an der Bude", konterte Nicole, „ich habe ihn im Rollstuhl gesehen."

9.

Ein Lichtstrahl brach durchs Fenster rein, über Doras vollgestellten Schreibtisch, über die alten rotgestrichenen Holzdielen und die Büchertürme. Er erreichte meine Zehenspitzen, die unter der blau-weißen Karodecke herausschauten. Der Karodecke von Oma. Dora hatte mir erzählt, dass Oma auf der Flucht nur diese Decke und ihren Bernsteinschmuck mitgenommen hatte. Alles andere hatte sie zu Hause gelassen. Es war Krieg gewesen und Oma hatte schnell handeln müssen. Den Bernsteinschmuck hatte mein Opa später verkauft. Nur noch die Decke war übriggeblieben. Ich saß neben Dora auf der Matratze. Sie trank Kaffee und ich Kakao. Jo half in der Küche beim Backen. Ich hörte ihn unentwegt palavern. Doras Bauch gurgelte. Ich liebte es, mit Dora morgens im Bett zu sitzen und ihrem Bauch zuzuhören. Müßiggang nannte sie es.

„Kontrolliert Frau Wiemers immer noch eure Fingernägel?"

Ich nickte. „Ist Frau Wiemers wirklich eine Faschistin?", fragte ich.

„Nein, sie ist nur spießig."

„Sie nennt uns doch Ferkel. Wer Kinder Ferkel nennt, der ist ein Faschist. Das hast du gesagt."

„Das habe ich nicht so gemeint."

Ich schaute sie an.

„Und wie meintest du es?"

„Sie ist halt nur spießig."

Auch Dieter polierte sich die Nägel. Dora sagte, bei Dieter habe es früher kein richtiges Klo gegeben und er habe Würmer gehabt. Deswegen habe er einen Sauberkeitswahn, wie seine Mutter. Die sei auch nur spießig und keine Faschistin.

„Dieters Mutter wählt die SPD", sagte Dora.

Was Frau Wiemers wählte, wusste ich nicht. Dieters Mutter war spießig, weil sie früher kein richtiges Klo besessen hatte. Sie konnte nichts dafür. Vielleicht hatte Frau Wiemers auch kein richtiges Klo. Meine Fingernägel waren blitzblank. Dieter kontrollierte sie jeden Abend. Dieter war sicher auch ein bisschen spießig, nur ein klitzekleines bisschen.

„Ich werde mit Frau Wiemers reden", sagte Dora.

Ich stellte meine Tasse auf dem Boden ab und legte mich auf ihre Beine. Dora streichelte meine Haare.

„Mach dir nichts aus den Regeln der Lehrerin. Sie kann dir nichts."

„Und wenn ich in die Ecke gestellt werde?"

„Wäre das so schlimm?"

„Ich weiß nicht.“

„Dann probier es aus, tu etwas, damit du in die Ecke kommst.“

Ich sah zu Dora auf. Vielleicht hatte sie recht. Sie wusste immer, was zu tun war.

„In der Schule malen wir nur Schlaufen und Wellen. Frau Wiemers ist spießig. Bei ihr lerne ich nichts Richtiges.“

„Wenn du dich in der Gesellschaft behaupten willst, musst du hinter die Kulissen schauen. Von hinten sieht alles anders aus. Aus der Ecke kannst du die Lehrerin und die Schüler beobachten, wie sie reagieren.“

Ich verstand nicht recht, was Dora meinte, aber ich nahm mir vor, in die Ecke zu kommen, auch wenn ich Angst davor hatte. Wenn man Angst vor etwas hatte, meinte Dora, müsse man sich der Angst stellen. „Manchmal verfliegt die Angst, sobald man ihr ins Gesicht schaut“, sagte sie. Wenn nicht, dann sollte man andere Wege finden. Ich versprach, Dora von meinem Eckenexperiment zu berichten, sobald ich es ausgeführt hatte.

Jo sprang mit kuchenteigverschmierten Händen auf die Matratze. Er umarmte mich und Dora und schmierte uns mit Kuchenteig voll.

„Komm zum Ofen, Maja.“

„Warum?“

„Sehen, wie der Kuchen wächst. Mit Backpulver wächst der Kuchen."

Dora folgte ihm in die Küche, ich zog mir einen Pulli über und lief ihnen hinterher. Am Frühstückstisch diskutierten Günther, Gisela und Ulli. Hans, der einzig vollständig angezogene Bewohner, stand mit Kaffee am Fenster. Günther trug nur eine Schafsfellweste, Gisela und Ulli Unterhosen. „Marx", „Theorie", „Institutionen", hörte ich aus ihren Mündern tönen. Ich betrachtete Giselas großen Busen, der viel größer war als Doras, und fand ihn unschön. Ich stellte mich zu Hans. Er beobachtete den Wind, sagte er mir. Buntes Laub wirbelte durch die Luft und bedeckte die Straße. Die chilenischen Zwillinge rannten durch die Wohnung. Ihre Eltern hatten fliehen müssen, weil Pinochet ein fieser Diktator war, der Menschen folterte. Die Zwillinge und Jo sprachen Spanisch, was ich nicht verstand. Sie setzten sich mit Dora vor den Kuchen.

„Boah", sagte Dora. „Toll. Den hast du gemacht?" Ich konnte mich nicht erinnern, dass Dora so mit mir gesprochen hatte.

Jo nickte. „Mit Hans."

Ich setzte mich an den Tisch und schmierte mir ein Erdnussbutterbrot. Die Diskutierenden widmeten mir einen kurzen Blick und redeten weiter. „Unistreik", „Berufsverbot", „morgen

Demo", „organisieren", „Transparente". Dora schlug uns Kindern vor, in den Wald zu gehen und Kastanien zu sammeln. Hans wollte auch mitkommen. Aus Kastanien konnte man Tiere bauen. Jo war begeistert. Er hüpfte um den Tisch herum und sang „Kastanienlöwen, boah, boah, boah." Die Chilenen hüpften ihm hinterher.

„Hast du schon gegessen, Jo?", fragte Dora.

„Ein Käsebrot", antwortete er tanzend. „Machst du mir ein Erdnussbutter, Maja? Deine schmecken so gut."

Zwei weitere nackte Erwachsene traten gähnend in die Küche und gesellten sich zum Diskussionsteam.

Am Nachmittag brachte Dora uns ins Kino. Unser erstes Mal. Es lief *Pippi Langstrumpf und die Seeräuber*. Dora hatte zu tun, sie würde uns nach dem Film abholen. Sobald das Licht ausging, lehnte sich Jo an meine Schulter und schlief ein. Der Film zog mich in seinen Bann. Ich war bei Pippi in der Wohnung und sah ihr beim *nicht den Boden berühren* zu. Sie hangelte sich von der Deckenlampe zum Sofa und sprang von dort auf den Schrank. Pippi war so stark, dass sie sogar ihr Pferd hochheben konnte. Ich war mir sicher, dass Pippi eine Drachenprinzessin war. Ihre Freundin Annika hingegen ähnelte Nicole. Pippi war so stark, dass sie sogar gegen die Piraten kämpfte. Als der Film endete und das Licht wieder anging, kniff ich meine Augen zu. Ich wollte noch weiter in Pippis Welt bleiben. Gewaltsam herausgerissen, fühlte ich mich. Ich stupste Jo an. Er rieb sich die Augen.

„Was für ein schöner Film", sagte er.

Ich lachte.

„Echt", sagte er.

„Und was hast du gesehen?"

„Pippi."

„Und Seeräuber?"

„Bei mir waren keine Seeräuber."

Am nächsten Tag fuhren wir alle zur Demo. Die Aufregung der Erwachsenen übertrug sich auf mich. Wir hatten Schilder und Transparente gemalt. Dora fuhr mit Jo und mir im Käfer nach Essen, die anderen in einem Ford-Transit. Wir trugen alle drei gelbe Regenjacken. Schon während der Fahrt wurde es mir unheimlich. Als Dora im Frühling aus Brokdorf zurückgekommen war, hatte sie dieselbe Regenjacke getragen. Damals wohnten Dora und Jo noch mit uns in der Villa. Dieter war bei uns zu Hause geblieben, damit Dora zur Anti-AKW-Demo fahren konnte. Bei ihrer Rückkehr roch sie komisch, ihre Augen waren gerötet, sie war völlig aufgelöst.

Ich lauschte an der Schlafzimmertür und erfuhr, dass die Polizei Dora und andere Studenten, mit Hubschraubern, Wasserwerfern und Knüppeln gejagt hatte. Ein Freund sei verletzt worden. Blutig geschlagen. Dora habe einfach jemanden an die Hand genommen und sei um ihr Leben gerannt. Wie im Krieg sei es gewesen.

„Und wenn die Polizei uns verprügelt?", fragte ich im Auto nach Essen.

„Kindern tut die Polizei nichts", sagte Dora.

Am Kennedyplatz hatten sich die Studenten versammelt. Die meisten trugen Parka oder gelbe Regenjacken, wie wir. Sie sangen und riefen Parolen. Auf einem Podium sprach jemand durch ein Megafon. Feststimmung überall. Jo tanzte. Dieter sollte auch kommen. Er würde mich später mitnehmen. Sicher war auch Aljoscha hier. Dora ließ uns allein bei den Springbrunnen, in der Nähe von dem Podium, nur für einen Moment, versicherte sie. Wir sollten ihr versprechen, uns nicht von der Stelle zu bewegen. Ich blickte in die Richtung, in der sich die Polizisten versammelten. Ein paar Wannen parkten am Rand des Platzes. Ein altes Ehepaar stellte sich neben uns. Der Mann trug einen Hut wie der Oppa von Nicole.

Jo lächelte ihn an. „Hast du Schokolade?"

Die Augen des Alten wurden zu Schlitzen.

„Euch sollte man vergasen“, antwortete die Frau.

Jo klammerte sich an meinen Arm.

Dora tauchte wieder aus der Menge auf.

„Was ist vergasen?“, fragte ich Dora.

„Wer hat von Vergasen gesprochen?“

„Der Mann da.“ Dora baute sich vor ihm auf. Er brabbelte etwas vor sich hin, das ich nicht verstand, und wiederholte laut: „Man sollte euch alle vergasen. Ihr Dreckspack.“

Dora wurde wild. So wild hatte ich sie noch nie gesehen. Sie attakierte die beiden mit ihrem Geschrei. Ich stand mit Jo daneben. Jo spuckte den Mann an.

„Ihr Zigeunerpack“, schrie der Alte. Dann drehte er sich um, nahm seine Frau am Arm und zog mit ihr ab.

„Faschisten“, schrie Dora ihnen hinterher.

Vielleicht war es das erste Mal, dass ich wirklich richtige Faschisten gesehen hatte.

„Was ist vergasen?“, fragte ich Dora.

„Wenn die Faschisten regieren würden, wären wir schon tot. Deshalb muss man gegen sie kämpfen.“

Die Faschisten waren mir unheimlich. Ich drehte mich um, vielleicht standen hier noch andere zwischen uns. Wie konnte man sie erkennen? Der

Platz war bereits so voll, dass man die andere Seite nicht mehr sehen konnte. Überall Menschen in Parkas oder Regenjacken. Trotzdem konnte ich Aljoscha und seine Eltern in der Menge ausmachen und rannte zu ihm hin. Er trug ein selbst bemaltes Pappschild.

„Ich habe gerade echte Faschisten gesehen", sagte ich.

„Lass uns ein Bullenauto umkippen", schlug Aljoscha vor. Jo war gleich dabei, aber wir brauchten noch mehr Verstärkung. Ich hielt Ausschau nach den chilenischen Zwillingen. Die Chilenen fanden wir nicht, aber wir überzeugten mehrere andere Kinder sich uns anzuschließen und bildeten eine zehn Personen starke Gruppe. Die Erwachsenen waren viel zu beschäftigt, um unser Verschwinden zu bemerken. Dora dachte sicher, ich sei mit Jo bei Aljoschas Eltern. Ich dirigierte mit Aljoscha die Kinder zu einem Polizeiauto am Rand des Platzes. Zu zehnt standen wir auf dem Bürgersteig und drückten gegen das Auto. Meine Bedenken waren verflogen. Hier war es nicht wie in Brokdorf und außerdem tat die Polizei Kindern nichts, das hatte mir Dora versichert. Bullenautos umkippen half beim Kampf gegen den Faschismus, da war ich mir mit Aljoscha einig. Die anderen

Kinder, alle jünger als wir, hörten auf unsere Befehle.

„Jetzt drücken", schrie ich.

„Hau ruck, hau ruck", rief Aljoscha.

„Hau ruck", schrien die Kinder begeistert.

Der Wagen wackelte.

„Noch ein bisschen stärker", brüllte Aljoscha.

Ein Polizeibeamter rannte zu uns. „Ihr Bengel. Macht, dass ihr wegkommt." Er war sicher so ungefährlich wie der Mann von der Bude an der Ückendorfer, der brüllte genauso.

Wir lachten.

„Jetzt aber schnell hier weg", sagte er.

Wir sprinteten zurück in die Masse.

Zuhause holte ich die Schachtel mit Dieters Kinderfotos aus seiner Schreibtischschublade und suchte auf den Bildern nach dem Klo. Davon gab es keine Fotos, aber auf einem Bild war eine Bretterbude auf einer ungeteerten Straße zu sehen. Davor saß Dieter als kleiner Junge und spielte. „Erzählst du mir von früher?", bat ich ihn. „Ich habe dort Murmeln gespielt", sagte er. Murmeln besaß ich auch, aber früher konnte man sie besser spielen. Man konnte Löcher in die Straßen bohren und Murmelturniere veranstalten. Ich hatte noch nie an einem Murmelturnier teilgenommen. Heute waren alle Straßen geteert. Damals hatte Dieter mit Oma und Opa und meinen beiden Onkels in einer winzigen Dachwohnung gewohnt. Der Bandwurm in Dieter war so lang gewesen, dass beim Kacken immer nur ein Stück von ihm abriss. Ein Jahr lang fraß der Wurm in ihm, bis Dieter ganz abgemagert war. Dann schickten sie ihn in die Kur. Da wurde es noch schlimmer. Er musste Lebertran trinken, jeden Tag. Ein ekelhaftes Getränk. In der Kur war es wie im Kinderheim. Die strengen Erzieherinnen kommandierten von morgens bis abends. Nachts hatte er Angst, die Betten waren steinhart.

In unserer großen Wohnung hatte Dieter tagelang an einem Durchbruch in der Wand gearbeitet, damit wir nicht im Treppenhaus aufs Klo mussten wie bei Aljoscha. Trotzdem konnte man Würmer kriegen, wenn man sich nicht die Hände wusch, mahnte er mich.

10.

Eines Tages stand Mark, mit einer Bande von Kindern vor meiner Haustür. Seine Bagage, erklärte er. Tanja, das Kind von Mark und seiner Frau Silvia, war auch dabei. Silvia nicht. Außer einem dunkelhäutigen kleinen Jungen in Jos Alter, wohl Marks Bruder, waren alle mit Silvia verwandt. Die Bagage blieb in der Eingangshalle stehen und bestaunte die in feinen Lettern an die Wand gemalt Inschrift *Salve*. Ich erklärte, dass *Salve* lateinisch sei und so was wie „Hallo" bedeutete. „Salve", sagte Mark mit ernstem Gesicht. Er verkündete, die Villa sei sehr alt. Laut atmete er ein, dann öffnete er vorsichtig die Glastür zum Treppenhaus.

Dieter saß in seinem Zimmer und lernte. Er kam nur kurz raus, grüßte die Kinder und verzog sich wieder. Ich führte die Bande in mein Zimmer. Yogi flatterte aufgeregt herum, bis er auf Marks Kopf landete. Wir lachten. Der Vogel flog auf meinen Schreibtischstuhl. Ich führte den Kindern die Karussellnummer mit Yogi vor. Ich drehte am Stuhl, der Vogel blieb sitzen. Jetzt wollten auch die anderen drehen. Wir schleuderten ihn herum, bis es Yogi zu viel wurde und er wegflog.

„Boah, hast du viel Spielzeug", sagte Marks Tochter. Mark wollte seine Sammeltassen gegen mein Spielzeug tauschen und inspizierte die Regale im Zimmer, als wäre er in einem Geschäft. Er suchte sich ein Stofftier, ein Puzzle und ein Holz-Labyrinth-Spiel mit Kugel aus. „Ich hab Hunger", maulte Tanja dazwischen. Ich führte sie in die Küche. Sie aß alle fünf Tomaten aus der Schale auf der Anrichte. Wie konnte man so viele Tomaten auf einmal verdrücken? Neulich bei den Theaterproben hätte sie die ganzen Requisiten weggefressen, behauptete Mark.

„Immer lässt uns Mark seine Szenen proben, da kriegt man Hunger." Sie kicherte.

Mark schüttelte den Kopf.

Ich schlug vor, einen Kuchen zu backen.

"Das darfst du?", fragte Mark.

"Na, klar."

Tanjas Augen leuchteten.

"An die Arbeit", sagte ich. Aus Dieters Zimmer kam kein Laut, er lernte sicher immer noch. Wir hatten freies Feld und mixten Mehl, Backpulver, Milch, Wasser, Kakao und Zucker in einer Plastikschüssel. Mark holte Eier aus dem Kühlschrank. Ich gab ein wenig Backpulver hinzu und ging aufs Klo. Als ich zurückkam, hatte Mark noch einmal Backpulver in den Teig gemischt. Ich holte Dieter, damit er uns den Ofen anstellte. „Was ihr da backt, wird auch gegessen!“, sagte er mit erhobenem Zeigefinger.

Der Kuchen schmeckte scheußlich nach Seife. Wir zerstückelten ihn und warfen ihn ins Klo, da war Dieter schon wieder in seinem Zimmer.

Als es dunkel wurde, spielten wir *Toter Vater*, ein Spiel, dass sich Mark ausgedacht hatte. Wir bauten einen Sarg in der Mitte des Zimmers. Mark schaltete das Licht aus. Tanja jammerte. Mark fasste mir an den Hals und lachte frech, dann legte er sich in den Sarg und stellte sich tot. Jemand sollte ihm das Geld aus der Tasche stehlen. Er schlug zwölf, das Zeichen der Geisterstunde. Der Tote erwachte. Ich hörte Gemurmel in meiner Nähe. Marks Bruder kicherte.

„Wer hat mein Geld geklaut?“, donnerte Mark.

„Wer hat mein Geld geklaut?“ Ich konnte ihn nicht sehen, aber ich spürte, wie er langsam um uns alle herumschlich. Ich spürte seinen Atem vor mir und hörte, wie er jemanden packte. Ein Kind schrie. Da stand Dieter in der Tür. „Müsst ihr nicht mal nach Hause?“

Ein paar Tage später führte mich Mark in eine Gegend hinter der Bahnstrecke der Kohlenzüge. Mehrmals kontrollierte ich rechts und links, ob kein Zug vorbeifuhr. Die Geschichte von dem Jungen ohne Beine hatte ich nicht vergessen. „Komm schon", rief Mark aus der dahinterliegenden Wildnis. Noch nie war ich hier gewesen. Es roch feucht und modrig. Ein heruntergefallener Baumstamm versperrte mir den Weg. Ich kletterte hinüber. Mark sprang an ein Seil, das an einem Baum hing. Sein Gebrüll durchdrang die Stille. Er war Tarzan. Dann war ich an der Reihe. „Lauter schreien", rief Mark, „der Dschungel muss dich hören." Wir schaukelten abwechselnd unter den Bäumen. Ich war auch Tarzan. Dann zog mich Mark tiefer in die Wildnis herein. Er wollte mir etwas zeigen. Wir kletterten über einen Hügel und erreichten eine Lichtung. Die Sonne strahlte auf das feuchte Gras. Mark hatte hier einen Toten gesehen, mitten auf der Wiese. Der Tote lag aber nicht mehr da, nur noch seine Jacke. Ich hatte keine Angst vor Toten, genauso wenig wie Mark. Ich erzählte ihm davon, wie ich meine Oma nicht hatte sehen dürfen, als sie gestorben war.

„Im Leichenhaus am Katernberger Markt, da liegen viele Tote, willst du die mal sehen?"

Klar wollte ich dahin. Hinter dem Bahnhof war ich noch nie ohne Erwachsene gewesen.

„Nur eine halbe Stunde Fußmarsch", sagte Mark.

Wir liefen zurück zu den Bahngleisen.

Der Friedhof war menschenleer. Mark bestaunte die Blumen auf den Gräbern.

„Schau mal die schönen Veilchen.“

„Was machst du da?“

„Ich nehme ein paar für zu Hause mit.“

„Und das Leichenhaus?“

„Kommt gleich.“

Mark steckte sich die entwurzelten Blumen in die Tasche und wir setzten unseren Weg fort. Bei einem kleinen Häuschen an der Friedhofsmauer legte Mark den Finger auf den Mund, öffnete behutsam die Tür und trat ein. Ich blieb am Eingang stehen.

„Na komm schon“, flüsterte er.

Es roch komisch und es war kalt.

Mark öffnete eine andere Tür.

„Komm, hier ist eine Tote.“

Ich folgte ihm. Als ich das graue, leblose Gesicht der alten Frau sah, stockte mir der Atem. So gruselig hatte ich mir Tote nicht vorgestellt. Wie eine Statue sah sie aus. Ihre Hände waren auf dem Bauch gefaltet und die Augen geschlossen. Mark zog mich wieder nach draußen.

Mir war kalt. Auf dem Nachhauseweg machte Mark Witze und zwickte mich. Mir war schlecht. War meine Oma auch so eine Statue gewesen? Jetzt verstand ich, warum Dora damals nicht wollte, dass ich Oma sah. Sie lebte nicht mehr.

Diese Nacht konnte ich nicht schlafen. Kleine Piraten griffen mich mit ihren Säbeln an. Ich versteckte mich unter der Decke.

Seit diesem Tag gehörte ich zu jenen, die einen echten Toten gesehen hatten. Mark gab mir jeden Morgen auf dem Schulhof einen Bodycheck, so nannte er es, wenn er mich auf den Arm boxte, oder er sprang mich von hinten an wie der japanische Diener Cato, der den rosaroten Panther mit seinen Überfallmanövern trainierte. Dann erzählte er einen saublöden Witz, der mich und Nicole zum Lachen brachte. Bei manchen kamen uns sogar die Tränen. Die guten Witze erzählte er öfters. Aljoscha fand sie nie lustig.

11.

Am Nachmittag nach dem Hort ging ich häufig mit Nicole zu Omma Kaminski. Eigentlich war es nur ihre Oma, aber auch ich durfte sie Omma nennen. Omma Kaminski schmierte die besten Fleischwurstbrote. Dazu tranken wir Fanta, ein Getränk, das es bei mir zuhause nicht gab. Fanta kam wie Cola aus Amerika. Während Omma die Brote schmierte, ermahnte sie uns, bei Dunkelheit zu Hause zu sein, sonst würden wir von der RAF gekidnappt. Nicole war überzeugt, dass sich die RAF auf dem wilden Gelände unter der Brücke versteckte, dort wo auch der Kindermörder hauste. Ich nahm an, der Kindermörder heiße Franco, denn an der Hauswand beim Kaugummiautomaten stand in großer schwarzer Schrift *Franco Mörder*. Doch dann klärte mich Dora darüber auf, dass Franco ein spanischer Faschist sei, der nicht mehr lebe. Er habe nie auf der Wiese unter der Brücke gewohnt. Auch die RAF nicht. Die RAF sei nicht gegen Kinder, sondern gegen Kapitalismus, das solle ich aber nicht herumerzählen. Die Omma lese zu viel Bild-Zeitung, meinte Dora.

Die Wildnis unter der Brücke lag auf dem Weg vom Hort zu Omma. Nicole wollte dort immer so schnell wie möglich vorbei. Sie glaubte mir nicht, dass die RAF uns nichts anhaben konnte. „Die Omma weiß es besser" schrie sie mich an. Ihre Stimme war furchtbar laut. Ich hielt mir die Ohren zu. Sie trat mir gegen das Schienbein. Es lockte mich, die unbekannte Gegend mit dem hochgewachsenen Gras zu erkunden. Nicole brüllte das Wort „gefährlich". Ich tat den ersten Schritt in die verbotene Zone. „Nein." Noch ein Schritt. „Tu das nicht". Nicole stand weiter am Wegrand. Wenn sie wirklich glauben würde, dass es hier gefährlich sei, hätte sie sich schon längst aus dem Staub gemacht. Mit der Hand drückte ich das Gras beiseite und lief weiter.

„Hallo ihr Mörder, kommt raus", rief ich.

„Lass das", schrie Nicole. „Du weckst sie noch."

„Bei deinem Gebrüll wären sie doch schon längst wach."

Hinter einem Gebüsch entdeckte ich eine Decke, einen Stuhl und Zigaretten.

„Lass uns hier weg" flehte mich Nicole an.

„Ich habe was gefunden."

„Was?"

„Komm und kuck es dir selbst an."

Sie antwortete nicht mehr. Ich hob die Decke hoch und roch an ihr. Sie stank.

„Hey." Ich spürte einen Schlag auf der Schulter und drehte mich um. Ein großes Mädchen mit Sommersprossen und blonden Zöpfen starrte mich an. „Geld oder Leben."

Ihre Augen wurden zu Schlitzen. Meine Kehle schnürte sich zu. „Ich habe kein Geld." Meine Stimme zitterte.

Sie gab mir einen Schlag in den Bauch. Ich bekam keine Luft mehr. Der Schmerz zog meinen Körper zusammen. Ich stöhnte.

„Hau ab, hier ist mein Revier, verstanden."

„Ja", antwortete ich leise und rannte fort bis zur Straße. Nicole war nicht mehr da.

„Seid ihr wieder herumgestreunert?", fragte Omma mich an der Tür. Ich schwieg lieber.

„Na, dann komma rein. Ich mach gerade Schnitten. Nicole is schon inne Küche."

Die Fleischwurst päppelte mich wieder auf, aber der Schreck ging mir den ganzen Nachmittag nicht mehr aus den Knochen. Nach den Broten spielten wir in Nicoles winzig kleinen Zimmer. Nackt. Ich sollte ihr Entführer sein und dann der Prinz, der sie rettete. Erst sollte ich sie quälen und dann streicheln. Omma wollte nicht, dass wir Sauerreinen machten. Nackt zu sein, war für sie eine Sauerei. Nicole schloss deshalb ab, aber Omma hatte einen siebten

Sinn dafür. Sie klopfte immer dann, wenn wir nichts anhatten. Schnell zogen wir uns wieder an. Wenn die Tür offenblieb, lobte sie uns und wir bekamen Chips und Fanta. Bei offener Tür spielte Nicole geteerte Straße mit mir. Sie rieb, biss, stampfte und kratzte an der Innenseite meines Unterarms so lange, bis sie rot wurde und sogar blutig. Ich teerte nicht so gut wie Nicole. „Du kratzt nicht richtig“, sagte sie enttäuscht.

Nicole besaß auch Barbiepuppen, mit denen ich mich weigerte zu spielen. Immer wieder versuchte sie, mich von der Gelenkigkeit ihrer Puppen zu überzeugen. Barbies, hatte mir Dora erklärt, seien dazu gedacht, die Mädchen in ihre Frauenrolle zu drücken. Da ich nicht so ängstlich wie Nicole werden wollte, rührte ich die Barbie besser nicht an. Früher oder später würde ich sicher einen Drachen treffen, bis dahin musste ich mich wachsam verhalten. Spiele mit Barbies überließ ich lieber Jo, der als Junge nichts riskierte. Mein Lieblingsspielzeug waren Bauteile. Auch Puppen bestanden aus Bauteilen.

Der Oppa sei im Widerstand gewesen, sagte Dora. Wenn sie mich abholte, redete sie noch gerne ein bisschen mit ihm. Vom Oppa wusste ich, dass er Katzen und Hunde gegessen hatte. Sonst fand ich ihn langweilig. Eigentlich sah er genauso aus wie andere Opas auch. Katzen schmeckten wie Kaninchen, sagte er. Ich wusste nicht, wie Kaninchen schmeckten. Nicole wusste es auch nicht. Oppa saß die ganze Zeit im Wohnzimmer auf der Couch und sah Fernsehen. Manchmal setzte sich auch Nicoles Onkel dazu. Die Omma machte ihnen Schnittchen, die die beiden am Wohnzimmertisch aßen. Manchmal aßen Nicole und ich mit. Nicoles Onkel arbeitete in der roten Hölle und war immer todmüde. In der roten Hölle würde ich nie arbeiten, dachte ich. Dort war es heiß, weil Feuerbäche aus flüssigem Metall über den Boden flossen. Der Onkel saß mit Oppa vor dem Fernsehen und trank Stauder wie Dieter. Aber nach höchstens zwei Flaschen nickte er auf dem Sofa ein und schnarchte.

12.

Zu Hause war wieder Dieters widerliche Freundin. Den Hund hatte sie zu Hause gelassen. Dieter war auffällig höflich. Er schmierte mir sogar die Abendbrote. Dann erklärte er mir, dass er mit Freunden ein Bierchen trinken ging. Sollte er doch, kein Problem, dachte ich, gehe ich halt allein ins Bett. Aber nein. Die dumme Ziege würde dableiben. „Ich kann das allein", beteuerte ich. Dieter war nicht zu überzeugen. Sie lächelte mich an. Ich blickte durch sie hindurch. Bis zu seiner Rückkehr sollte sie mich bewachen. Ich verschwand ins Bad und ließ Wasser in die Wanne. Solange die Olle hier war, würde ich in der Wanne auf Dieter warten. Mein Plan. Sicher wagte sie es nicht, mich beim Waschen zu stören. Ich gab viel blauen Badeschaum hinein. So konnte sie mich nicht nackt sehen, falls sie doch den Raum betrat. Dieter verabschiedete sich von mir. Ich drückte ihn fest.

„Kannst du mich nicht mitnehmen?"

„Kommt nicht in Frage, du musst morgen in die Schule."

Er musste mir versprechen, dass seine Freundin nicht das Bad betrat, solange ich drin war. Er schwor.

Ich zog mich aus und stieg ins Wasser. Nach einer Weile klopfte es an der Tür. Ich antwortete nicht. Sie kam trotzdem rein. Ich versteckte mich unter dem Restschaum.

„Komm aus der Wanne, ich trockne dich ab."

„Ich mach das allein."

Sie hielt mir ein Handtuch entgegen.

„Ich komme nicht raus. Dieter hat mir versprochen, dass du hier nicht reinkommst."

„Du trocknest dich jetzt ab."

„Nein."

Ich tauchte wieder unter. Konnte die Olle nicht einfach verschwinden. Sie hielt die Hand ins Wasser.

„Schon ganz kalt. Du kommst sofort raus."

„Du kannst mir nichts befehlen."

„Du kommst jetzt aus dem kalten Wasser."

„Nein", schrie ich.

Sie zog mir den Stöpsel aus der Wanne und steckte ihn in ihre Hosentasche. Ich drückte die Hand auf den Abfluss, aber das Wasser sickerte durch.

„Ich komme aus der Wanne, wenn du rausgehst."

„Ich trockne dich ab."

„Ich möchte mich allein abtrocken."

Sie blieb stehen und beobachtete, wie das Wasser abfloss.

„Bitte“, flehte ich sie an. Ich wollte nicht nackt gesehen werden. Nicht von ihr. Hartnäckig blieb sie mit dem Handtuch vor der Wanne stehen. Es wurde kalt. Sie packte mich. Ich versuchte mich zu wehren und rutschte aus. Sie zog mich heraus und rubbelte mich ab. Ich machte mich steif. Wie ich Dieter in diesem Moment hasste. Diese Frau durfte mich nicht anfassen, sie tat es trotzdem. Sie zerrte mich aus dem Bad. Meine einzige Genugtuung war, dass ich mir nicht die Zähne geputzt hatte. Meine Fingernägel hatte sie auch nicht kontrolliert. In meinem Zimmer ließ sie endlich von mir ab und suchte im Schrank nach meinem Schlafanzug. Da konnte sie lange suchen, er lag im Bett. Ich zog ihn schnell unter der Decke an und rief, „ich bin fertig! Jetzt kannst du gehen.“ Ich zog die Decke hoch, damit sie kontrollieren konnte. Sie nickte. „Jetzt geh!“ Ich versteckte mich unter der dicken Daunendecke, bis ich hörte, wie sie die Tür hinter sich schloss. Unter der Decke konnte man nicht gut atmen. Ich zog meinen Kopf heraus. Es war dunkel. Mir kamen die Tränen. Nie wieder sollte sie hier mit mir allein bleiben. Ich würde es Dora sagen, die ließ so was nicht zu. Niemals. Diese Frau, sie hatte gar nicht das Recht. Ich stellte mir vor, wie Dora über mein Haar strich. Ich weinte.

13.

Mit Thorsten dem Asozialen schloss ich ein Bündnis. Er durfte bei mir zu Hause spielen, dafür verprügelte er alle, die mir zu nahekamen. Sein Vater saß im Gefängnis, deshalb durften die anderen aus meiner Klasse nicht mit ihm spielen. Er benutzte viele Schimpfwörter und musste die halbe Schulzeit in der Ecke stehen. Ohne Schimpfwörter konnte er nicht sprechen. Mich störte es nicht. Die Kinder hatten Angst vor seinem Blick und seinem rauen Lachen. Er verprügelte sogar die Lehrer, hieß es. Ich fand Thorsten harmlos. Zu mir war er sogar extrem höflich. Wenn Mark und die Bagage zu mir hochkamen, war er auch dabei.

Als ich Dora vom asozialen Thorsten erzählte, sagte sie, asozial sei ein faschistisches Wort, das ich nicht benutzen sollte. Auch sie fand Thorsten sympathisch. Ich erklärte Mark, dass auch die aus der Gelsenkirchener nicht mit asozial betitelt werden sollten. Er lachte nur. „Wie soll man sie denn sonst nennen, die Penner?" Thorsten war für ihn sowieso nicht asozial. Asozial seien die, die andere ohne Grund verprügelten. Thorsten tat sowas nicht. „Die haben doch nur Hunger", sagte ich. „Aus Hunger prügelt man nicht", sagte Mark, „da gibt es noch andere Techniken." Dabei grinste er. Ich wusste genau, dass er dabei an sich selbst dachte.

Thorsten wollte von mir tätowiert werden. „Künstler können sowas", war er überzeugt. Sein Vater habe im Gefängnis auch ein Tattoo von einem Künstler bekommen, eigentlich ein Musiker, aber Musiker waren ja auch Künstler. Wir desinfizierten eine Nähnadel mit einem Feuerzeug und öffneten eine Tintenpatrone aus meinem Füller. Bevor ich loslegen wollte, fiel ihn noch ein, das Zimmer von Dieter zu kontrollieren. Für alle Fälle. „Die Luft ist rein", sagte er, „wir können anfangen." Ich sollte ihm ein Herz in den Arm stechen.

Ich malte es ihm zuerst mit Filzstift auf. Er nickte. „Jetzt mit de Nadel", forderte er mich auf. Beim Stechen zögerte ich. Die Nadel wollte nicht in seine Haut eindringen. „Stich stärker", sagte er. „Ich kann nicht." „Mach schon." Er nahm mir die Nadel weg und stach sich selbst. Er kniff dabei sein Gesicht zusammen. „Siehse, ganz einfach." Ich wollte kein Angsthase sein und stach die Tinte in seinen Arm, einen Stich nach dem nächsten. Thorsten gab keinen Laut von sich. Er kniff nur sein Gesicht zusammen. Als es vorbei war, strahlte er. Zum Abschluss belegten wir unser Bündnis mit einer

Blutsbrüderschaft. Ich stach mir ebenfalls in den Arm und wir mischten unser Blut.

Thorsten zeigte mir, wie man mit der Faust richtig zuschlug. Gut ausholen musste man und der Gesichtsausdruck war auch wichtig. Ohne gefährlichen Blick hatten die anderen keine Angst. Er machte es mir vor. Ich musste lachen. Ich fand Thorsten kein Stück gefährlich. Dann brüllte er mir plötzlich ins Ohr. Ich zuckte zusammen. Jetzt lachte Thorsten. „Du Blödmann", sagte ich. Er lachte weiter.

Thorsten nahm mich mit, zu dem brachen Gelände an der Brücke, wo Nicoles Omma die RAF vermutete. Ich erinnerte mich noch gut an den Schlag in den Magen, den mir das große Mädchen dort verpasst hatte. Da stand sie nun breitbeinig. und rief „Halt!"

„Mann Svenja, nerv nicht", sagte Thorsten. Sie klatschte ihm auf die Hand. „Wer ist die da?" Sie packte mich am Arm.

„Lass sie los, das ist meine Blutsschwester."

Sie setzten sich in Bewegung weg von der Straße in die Wildnis hinein. Ich trottete den beiden hinterher. Bei Svenjas Lager standen zwei Stühle. Die stinkende Decke lag immer noch da. Ich sollte mich daraufsetzen. Svenja zündete eine Zigarette an und reichte sie Thorsten. „Du darfst nur hier sein, wenn du auch mit mir Blutsbrüderschaft machst. Also das wäre dann Blutsschwesternschaft." Ich nickte. Sie reichte mir die Zigarette. Ich musste husten. Sie blickte mich an, als wäre ich doof. „Ich habe keine Nadel dabei", sagte ich. Die Decke stank fürchterlich, aber ich blieb sitzen.

„Nimm dein Messer", sagte Thorsten.

„Das schneidet doch zu stark?"

„Ach was, wir ritzen nur kurz an", sagte Svenja, „du zuerst." Ich saß in der Klemme. Ich hatte Angst, mich zu schneiden, aber vor Svenja hatte ich noch größere Angst. Langsam zog ich das Messer aus der Hosentasche.

„Toll, wo hast du das her?", staunte Svenja.

„Das hat mir ein Freund geschenkt".

„Los, ritz schon", drängte sie.

Ich legte an. Nichts passierte. Svenja blickte gespannt zu mir rüber. Ich drückte tiefer, ein wenig Blut kam raus.

„Reicht das?"

„Geht schon klar", meinte Thorsten.

Svenja riss mir das Messer aus der Hand und setzte demonstrativ einen Schnitt in ihren Arm. Es tropfte. Triumphierend blickte sie mich an und streckte mir den Arm entgegen. Ich drückte auf meine Stelle, damit noch etwas Blut herauskam. Svenja drückte ihren Arm an meinen.

„Jetzt schwör", befahl Svenja.

„Was?"

„Schwör einfach."

Ich hob den rechten Zeige- und Mittelfinger und sprach „Ich schwör". Jetzt gehörte ich zu ihnen. Svenja gab mir einen Schlag auf die Schulter, dass es schmerzte. Das Messer behielt sie.

Auf dem Nachhauseweg überlegte ich mir, wie ich an ein neues Messer kommen sollte. Mein Taschengeld reichte nicht. Ich musste sparen. Sicher würde mir Svenja das Messer nicht zurückgeben, grübelte ich, da kam mir Thomas Scheller aus meiner Klasse entgegen. Mit ihm hatte ich noch eine Rechnung offen. Vor ein paar Tagen hatte er mir und Aljoscha zusammen mit fünf anderen den Weg versperrt, uns getreten und Schmuddelkinder genannt. Jetzt war er allein. Ich baute mich vor ihm auf. Er grüßte kleinlaut und schaute weg. „Du Penner greifst mich nicht mehr an, verstanden?" Er nickte hastig und wollte weitergehen. Ich packte ihn an der Jacke und trat ihn so fest in den Hintern, dass er in die nächste Hecke flog und weinte. Ich starrte ihn an. So viel Kraft hatte ich in meinen Beinen nicht erwartet.

14.

Zum Mittagessen gab es Ochsenschwanzsuppe. Ich fand die Suppe grenzwertig. Mark erzählte wie immer abstoßende Geschichten, damit er unsere Portionen bekam. Nie hätte ich ihm die Genugtuung gegeben. Die Suppe sei mit ganzen Schwänzen zusammen mit dem Fell gekocht worden, deswegen sei sie dunkelbraun, behauptete Mark. Ich stellte mir das Fell vor und löffelte weiter. Nicole roch an der Suppe und hatte schon wieder ihren Ekelblick. An den Schwänzen sei auch Kacke dran.

„Mann du Arsch", brüllte Aljoscha, „lass mich in Ruhe essen."

Oswald sah mahnend zu uns rüber.

„Echt, da ist auch Kacke drin", wiederholte Mark.

Aljoscha spuckte Mark die Suppe ins Gesicht.

„Mit dem Essen wird nicht gespielt", dröhnte Oswald. Er war aufgestanden und kam auf uns zu.

„Mit dem Idioten kann man nicht essen", brüllte Aljoscha, nahm seinen Teller und verzog sich in das Hinterzimmer zu den Wohnungen.

Oswald schlug auf den Tisch. „Jetzt reichts. Mark entschuldige dich sofort bei Aljoscha."

„Iiiich?" Mark verzog sein Gesicht, „hab doch gar nichts gemacht."

Nicole begann zu kichern. Sie konnte sich nicht mehr einkriegen. Ich lachte auch. Unsere Bäuche schmerzten. Oswald schimpfte, aber wir mussten nur noch mehr lachen, bis wir hinausgeworfen wurden. Sicher löffelte jetzt Mark unsere Kacksuppe aus. Wir setzten uns im Flur unter die Treppe.

Nach dem Mittagessen hörten wir, wie im Hort Tische herumgerückt wurden. Zwei von Marks großen Brüdern oder Onkels trugen bunte Lichter an uns vorbei. Ingrid holte uns wieder rein. Die Großen brabbelten etwas von Schwarzmarkt. Ingrid sah sie schief an. Sie montierten die Lichter an der Decke. Andere verdunkelten die Fenster mit Decken. Eine Stereoanlage wurde installiert. Disco, sagten die Großen. Ich spürte ihre Aufregung. Die Mädchen schminkten sich und machten sich Frisuren im Badezimmer. Mich und Nicole steckten sie in ein Klo, nahmen den Schlüssel heraus und schlossen von außen ab. Wir trommelten an die Wand. Als sie das Bad verließen, untersuchte ich die Tür. Vom Klodeckel reichte meine Hand gerade an den Rand der oben offenen Klowand. Fünfzig Zentimeter breit war der Spalt zwischen Decke und Wand. Dort konnte man durchkriechen. Wenn man es schaffte, dort hochzukommen. Unten wäre es leichter, aber dort war der Spalt niedriger. Vielleicht kämen wir trotzdem durch. Ich hatte Katzen gesehen, sie drückten sich auch durch enge Lücken. Nicole weinte. Sie weinte immer, wenn sie keinen Plan hatte, und Pläne waren nicht ihre Stärke. Ich ließ Nicole heulen und probierte es am unteren Rand. Bäuchlings legte ich mich auf den Boden und schob zuerst meine Füße hindurch. „Was machst du da?", fragte Nicole. Ich robbte weiter rückwärts, bis ich am Hintern steckenblieb. „Mist." Da hörte ich Aljoschas Stimme. „Hilfe", rief ich. Aljoscha lachte. „Du Blödmann, hol uns hier raus." Mein Kopf und mein Oberkörper lagen auf dem Kloboden, der Hintern klemmte immer noch unter der Tür. Kurze Zeit später schlossen die Großen auf. Die halbe Gruppe stand im Waschraum. Gelächter. Bis Ingrid kam. Ihre Stimme donnerte so laut, dass niemand mehr lachte. Sie zwang die Großen, sich bei uns zu entschuldigen.

Sie drehten die Musik auf volle Lautstärke. Musik, die wir zu Hause nicht hörten, Discomusik. Dieter und Dora hörten Beat, Folk oder Rock. Meine Lieblingsgruppen waren *Simon and Garfunkel, Pink Floyd* und die *Rolling Stones.*

Das hier war Glamour, erklärte Tommi. Er trug eine Glitzerjacke, die er sich mit Alufolie gebastelt hatte. Er sah richtig cool aus. Tommi warf sich auf die Knie und imitierte ein Gitarrensolo. Ich imitierte ihn. Die Großen lehrten uns Verrenkungen, wie man sich nach hinten in eine Brücke wirft oder headbangt. Beim Headbangen wurde mir schwindelig. Das Zimmer drehte sich, die Discomucke dröhnte in meinen Ohren. Ich genoss das Delirium. Den ganzen Nachmittag lernte ich mit Aljoscha neue Bewegungen. Nicole hielt sich am Rand. Tommi lobte unsere Tanzkünste. Die Hälfte der Gruppe knutschte bereits unter dem Podest während wir noch auf der Piste herumhüpften.

Eines Nachmittags tauchte bei uns der ausgebildete Schauspieler Dušan Kosić auf. Ein kleiner Mann mit Bart und dunklen Strubbelhaaren. Er sollte uns dabei helfen, einen Zirkus auf die Beine zu stellen. So führte ihn Ingrid in die Gruppe ein. Leises Raunen. Zum Zirkusdirektor wurde Tommi ernannt, das entschied auch Ingrid. Niemand hatte etwas dagegen einzuwenden. Aber in Wirklichkeit war Dušan unser neuer Chef und Star. Wir saßen zusammen im Kreis und schenkten seiner Einführung in die Künstlerwelt Gehör. Er sprach über die Herausforderungen des Trainings und der Proben. Harte Arbeit wartete auf uns. Zum Proben sollten wir pünktlich sein. Es sei bitterer Ernst, verkündete er und reckte den

Zeigefinger in die Luft. Wir nickten. Dušans Haare sahen aus wie die vom Struwwelpeter. Von so einem Mann wurden wir gerne in der künstlerischen Disziplin unterwiesen.

Ich wurde Akrobatin und Schwarzlichttänzerin. Einmal pro Woche beaufsichtigte Dušan unsere Proben im ersten Stock. Manchmal schimpfte er. Niemand nahm es ihm übel. Wir wussten, dass es ein Ziel gab. Unser erster Auftritt. Der musste perfekt sein. Die Requisiten geordnet. Reibungsloses, schnelles Umziehen der Kostüme und Umräumen der Szenografie in den Pausen war bitterer Ernst. Das lernten wir so lange, bis wir es auch im Traum konnten. Ich besaß ein Kostüm für das Schwarzlichttheater und ein Kostüm für die Akrobatik. Die Mütter in der Bergarbeitersiedlung hatten sie genäht. Nur die weißen Baumwollhandschuhe sah man in dem lila Licht des Schwarzlichttanzes. Dušan sprach über Kooperation und Gruppengefühl. Das kannte ich schon von Dora. Seine Theorien von harter Zusammenarbeit leuchteten mir ein. Ich gab mein Bestes. Flink rannten wir beim Umbauen über die Bühne oder wechselten hinter der Bühne die Kostüme. Manchmal lugten die Kindergartenkinder rein. Wie immer beneideten sie uns.

Auch außerhalb der Proben im ersten Stock trainierten Mark, Aljoscha, Nicole und ich für unsere neue Akrobatennummer. Manchmal auf dem Podest, manchmal in unserer Wohnung, manchmal draußen. Nach dem Mittagessen machten wir uns tagtäglich an die Arbeit. Mark fielen immer neue Würfe ein. Manchmal fühlte es sich so an wie fliegen. Auch Nicole wurde mutiger. Aljoscha begann Mark zu akzeptieren. Mark verpasste jetzt auch ihm Bodychecks.

Beim Mittagessen kämpfte ich mit Nicole um den Salzstreuer. Als ich versuchte, ihn ihr aus der Hand zu reißen, schlug sie ihn mir ins Auge. Ich sah kleine Sternchen, dann kamen die Schmerzen. Oswald brachte Eis. Ich sollte es auf mein Auge legen. Das linderte die Schmerzen. Ich lief ins Bad und sah im Spiegel, wie es blau anlief.

Unsere Premiere fand in einem Kulturzentrum in Essen Steele statt. Die Großen schminkten uns mit Lippenstift und Wimperntusche. Mit dem blauen Auge sah ich richtig scheiße aus. Im Schwarzlichttheater war das kein Problem, da alles dunkel war, aber bei meinem Auftritt als Akrobatin fühlte ich mich hässlich. Die ganze Zeit blickte ich zu Boden. Sie sollten mein Auge nicht sehen. Bei den Würfen konzentrierte ich mich nicht richtig und fiel. Ein Desaster. Niemand außer mir schien es zu bemerken. Wir bekamen lauten Beifall. Ich ließ meinen Blick auf dem Boden kleben.

Wochen später hatten wir einen neuen Auftritt in Bonn. Mein Auge war inzwischen wieder geheilt. Jetzt konnte ich meine beste Seite zeigen vor großem Publikum, auf einer echten Bühne. Dušan sprach hinter den Kulissen von Lampenfieber. Wir würden nicht viel vom Publikum sehen, beruhigte er uns, da die Scheinwerfer auf der Bühne so stark seien. Wir atmeten tief ein und aus. Dušans Atemübung. Viele Male. Ich wusste nicht, ob ich Lampenfieber hatte. Als ich auf der Bühne stand, blendete mich das Licht. Noch nie hatte ich mich so geladen gefühlt. Mark wirbelte mich durch die Luft, Beifall. Wir stellten uns einer auf den anderen, ich über Mark, dann kam Nicole, dann Aljoscha, wieder Applaus. Unser Schwarzlichttheater wurde besonders beklatscht, auch die Clownsnummer von Marks großen Brüdern oder Onkeln. So schön hätte das Leben immer sein können.

Auch in der Innenstadt traten wir auf. Dušan besorgte eine Drehorgel. Tanja, Marks Tochter, lief im Bärenkostüm hinter der Drehorgel her. Jetzt hieß sie Bär. Niemand durfte sie mehr Tanja nennen.

15.

Als sich die Eisblumen an unserem Fenstern bildeten, kamen Dora und Jo zurück. Eines Nachmittags standen Kisten im Flur. Ich hörte Jo in meinem Zimmer das Lied von Mackie Messer singen. Dora und Dieter saßen in der Küche. Ich setzte mich zu Dora auf die rote Bank und hörte zu. Sie erzählte vom Tunixkongress[1] in Berlin. Von

---

[1] Nach dem deutschen Herbst von 1977, der Ermordung von Hanns Martin Schleyer, der Entführung der „Landshut" und den Suiziden oder Ermordungen (dazu gibt es unterschiedliche Meinungen) der RAF-Mitglieder in Stammheim, kamen an dem Wochenende vom 27. bis zum 29. Januar 1978 20.000 junge Leute in die Technische Universität Berlin zu dem größten Treffen der undogmatischen Linken seit der Studentenbewegung. Der Tunix-Kongress wurde zur Keimzelle der Autonomen- und Alternativbewegung, zur Initialzündung für die selbstverwaltete Tageszeitung "taz" und für die Alternative Liste für Demokratie und Umweltschutz AL.

https://www.deutschlandfunkkultur.de/der-tunix-kongress-1978-neue-traeume-statt-weltrevolution-100.html

https://taz.de/40-Jahre-Tunix-Kongress-in-West-Berlin/!5477248/

den meisten Dingen verstand ich nicht viel. Dora war nicht mehr in der K-Gruppe[2]. „Zu dogmatisch", sagte sie. Es hörte sich so ähnlich an wie spießig. Jo sprang herein, auf Dieters Schoß und schwärmte vom Thunfischkongress. Jemand hatte ihm dort ein Hummerskelett geschenkt, das er wie ein Stofftier in seinen Armen wiegte. „Thunfischkongress", wiederholte Jo immer wieder. Wegen des Thunfischkongresses waren sie jetzt wieder bei uns. Doras Thunfischsalat war eines meiner Lieblingsgerichte. Den gab es jetzt wieder. Dieter und Dora erklärten mir, dass sie in einer offenen Beziehung lebten. Dieter hatte seine Frauen und auch Dora war mit einer Frau zusammen. Sie arbeitete in der Gruppe drei. Dort sollte Jo nun wieder reinkommen. Weder die Frauen von Dieter, noch die Frau von Dora durften unsere Wohnung betreten. Das hatten sie so abgemacht. Ich war froh, die Olle mit dem Hund nicht mehr zu sehen. Dora hatte mir versprochen, dass mich niemand abtrocknen durfte, wenn ich es nicht wollte. Sonst sei es Gewalt.

---

https://www.berlin.de/ba-charlottenburg-wilmers-dorf/ueber-den-bezirk/geschichte/chronik/arti-kel.232434.php

[2] in einer kommunistischen Gruppe

Unsere Wohnung füllte sich wieder mit Studenten, die bis nachts bei uns am Küchentisch hockten. Jo saß gerne bei den Frauen auf dem Schoß. Ich hasste das ganze Geknutsche. Falls jemand versuchte, mir näher zu treten, rannte ich weg. Nur Dieter und Dora hatten das Recht, mich zu küssen. Jo ließ ich nur selten an mich ran. Aljoscha küsste ich nie. Aber auch Nicole bekam von mir Küsse. Später würden wir zusammen eine Frauenwohngemeinschaft gründen. Heiraten wollten wir auf keinen Fall. Das gab nur Unheil und war spießig. Dieter trank weniger Bier und begleitete Dora auf Veranstaltungen. Morgens stand ich auf und schmierte Brote für mich und für Mark. Manchmal schmierte ich auch Jo ein Brot, der nicht so lange schlief wie Dora und Dieter. Die Gruppe drei machte später auf. Ich hatte gelernt, die Brote gerade zu schneiden. Ich war groß.

Die Kinder in der Schule meinten, dass bald die Russen angreifen würden. Deshalb wurde jedes Wochenende die Schulsirene getestet. Wenn sie losheulte, bekam ich Angst. Opa hatte die ganze Familie im Bombenhagel verloren. Krieg war schrecklich. Im Keller musste man in der Tür stehen bleiben. Falls eine Bombe den Keller traf, konnte man sich im Türrahmen retten. Dort würden sie einen ausgraben. So war es Opa passiert. Ich hatte Angst davor, verschüttzugehen. Im Keller, wenn ich die Kohlen holen sollte, blieb ich unter der Tür stehen und stellte mir vor, wie sich Opa gefühlt hatte, als er unter den Steinbrocken lag und alle anderen tot waren. Ich träumte nachts von den Sirenen und den Bomben. Pure Panikmache der Bildzeitung, sagte Dora. Aber auch Jo wollte nicht mehr das Stück Fleischwurst von der Frau an der Theke, denn die Wurst hatte rote Punkte und kam aus Russland, glaubte er. Er wählte stattdessen ein Stück Cervelatwurst. Die sei sicherer, denn sie komme aus der Schweiz. Wenn Jo keine Fleischwurst aß und keine Cola trank, konnte kein Krieg ausbrechen. Natürlich glaubte nur er daran. Mit Aljoscha klaute ich am Kiosk Bildzeitungen. Wir zündeten sie in einem Papierkorb auf der Hundewiese an. Jo begleitete uns. Er liebte Feuer und tanzte.

„Wir müssen eine Demo organisieren", sagte Aljoscha.

Dazu brauchten wir Verstärkung aus der Schlägelstraße, von Mark und der Bagage. Aljoscha spielte lieber mit mir allein, aber er gab mir recht. Wir malten ein Transparent. *Kinder gegen Krik* schrieben wir in großen schwarzen Lettern, befestigten es an zwei Besenstielen, die wir vom

Schrubber und Besen abgeschraubt hatten, und zogen damit los. Die Kinder aus der Bergarbeitersiedlung folgten uns. Niemand wollte Krieg. Wir wanderten durch das Viertel und brüllten unsere Parolen. Bei Plus trafen wir Dora. Sie lobte uns.

Jo hatte eine neue Freundin, Mika. Vor unserer Garage biss sie mir in den Arm. Sie wollte mit dem Go-Kart fahren. Sie biss tief ins Fleisch. Aus der Wunde wurde eine Kruste, dann eine Narbe. Mika hatte ihr Gebiss in meinen Arm gestempelt. Bei den Erwachsenen spielte sie das harmlose Kleinkind. Sie saß wie Jo immer auf dem Schoß von irgendjemandem und nuckelte den ganzen Tag an ihrem Daumen. Unter uns Kindern war sie die Bestie. Mika kommandierte Jo herum. Sie spielten Vater, Mutter Kind mit dem Hummerskelett im Kinderwagen. Die Mutter bestimmt, befahl Mika. Wenn Jo nicht hörte, bekam er einen Schlag auf den Kopf. Jo spielte gern mit Mika. Wenn sie ihre Kleidung tauschten, war Jo die Mutter. Aber dann bestimmte der Vater.

Früher, als Jo auf die Welt gekommen war, hatte ich von einem Elefanten geträumt, der über unsere Bücherregale hinwegstampfte und mich zerquetschte. Jo wuchs zu einem Riesen heran und ich schrumpfte. Ich wollte ihn beseitigen. Am liebsten hätte ich ihn vom Balkon geworfen. Einmal biss ich ihm in die kleinen weichen Füße. Er schrie und Dora kam ins Zimmer gestürzt. Er sei noch klein und schwach, erklärte sie. Dabei terrorisierte er die ganze Familie mit seinem Geschrei. Ich wollte ihn nicht, aber Dora sagte, dass er jetzt dazugehörte. Er war aus ihrem Bauch gekommen, so wie ich.

Jetzt war ich froh, dass Jo wieder da war. An seinem vierten Geburtstag hatte er sich gewünscht, dass unsere Familie sich wiedervereinigte. „Wünsche darf man nicht verraten", sagte er, „sonst gehen sie nicht in Erfüllung." Aber dieser Wunsch war schon erfüllt. Also erzählte er es mir. Vor allem spiele da der Thunfischkongress eine große Rolle, deutete er an. Der Hummer habe ihm auch geholfen.

Mit Jo waren meine Nachmittage zu Hause nicht mehr langweilig. Wir bauten uns eine Bude mit Bettlaken oder kramten in den Kisten im Keller. Am liebsten kletterte Jo auf die Regale und sprang von oben herunter. Die Nachbarn von unten beschwerten sich. Es sei furchtbar laut. Dora stritt mit ihnen. Kinder dürften laut sein. Von da an grüßten die Nachbarn uns nicht mehr.

16.

Ich fuhr mit Jo und Aljoscha Schlitten auf der Hundewiese, wo mehr Schlamm als Schnee lag. Der Schlitten blieb an dem kleinen Hang stecken. Es stank und es war feucht. Immer wieder blickte Aljoscha zum kleinen Wege am Rand. Seit Kurzem beherrschte Dschingis Khan, der Schreckliche, eigentlich hieß er Ulli, unser Viertel. Er war unbesiegbar. Weder Thorsten noch Walter kamen gegen ihn an. Sie versuchten es erst gar nicht. Wo Ulli genau wohnte, wusste ich nicht. Ich war nicht erpicht darauf, es zu erfahren. Er hockte den halben Tag am Eingang der Sonderschule herum, direkt neben unserer Haustür. Wenn er gerade nicht dort war und seine Untertanen herumkommandierte, konnte man heraushuschen und über den kleinen Weg an der Hundewiese Richtung Bergarbeitersiedlung laufen. Ich hatte Angst davor, blutig geschlagen zu werden. „Ich mach dich fertig", sagte er zu jedem Kind, das nicht zu seiner Bande gehörte. Manchmal trieb sich Dschingis Khan auch auf der Hundewiese rum. Dora und Aljoschas Mutter redeten mit dem schrecklichen Jungen, aber sicher fühlte ich mich nicht. Dora behauptete, Dschingis Khan würde von seinem Vater geschlagen. Aljoschas Mutter sagte sogar, sein Vater sei ein Faschist.

Wie ein Schatten stand er plötzlich vor uns und sprang mit einem teuflischen Schrei auf den erschrockenen Jo, packte ihn und drückte sein Gesicht in einen frischen Haufen Hundescheiße. Aljoscha wurde von zwei seiner kleinen Untertanen festgehalten. Er sollte ebenfalls in die Scheiße gesteckt werden. Mich ignorierten sie. „Mädchen schlägt man nicht, sonst wärst du dran", erklärte mir ein kleiner Furz. Ich biss die Zähne zusammen. Jo weinte, sein Gesicht war braun. Ich nahm ihn in den Arm. Er stank fürchterlich. Die Untertanen zerrten Aljoscha mit sich. Er schrie. Nachdem sie ihn auch in die Scheiße gesteckt hatten, zogen sie ab. „Wir müssen uns was einfallen lassen", sagte ich. „So kann man nicht leben."

Die zwei Jungen kamen bei uns in die Wanne. Jo strahlte. Er hatte die Scheiße schon vergessen. „Setzt nicht das ganze Bad unter Wasser", brüllte Dieter.

Ich dachte an Oma und, dass ich einen Drachen brauchte. Wo fand man Drachen? Rache, wiederholte ich mir innerlich. Mit dem Drachen würde ich Jo und Aljoscha rächen.

Wir kundschafteten die Köttelbecke[3] vor unserer Haustür aus. Dort trieb sich Dschingis Khan nie herum. Ein fürchterlicher Gestank drang in unsere Nase. Sicherheit hatte ihren Preis. Vorsichtig stieg ich mit Jo bis zu den Knien in die Scheiße. Wir hatten keine Angst. Wir sangen das Lied von Mackie Messer und wiegten uns dabei in der Menschengülle. Was konnte uns der Scheißgeruch schon anhaben. Stolz stapften wir nach Hause zurück. Hinter uns die braune Spur. Auf der Straße und im Hausflur. Wir stanken so schlimm, dass uns Dschingis Khan sicher aus dem Weg gehen würde. Wir zogen Grimassen und lachten. Zu Hause mussten wir in die Wanne und wurden geschrubbt. Dora meinte, der Gestank würde Tage anhalten. Das freute uns. Wir sollten ihr versprechen, nie mehr in Scheiße zu steigen. Aber wir hatten keine Angst mehr davor. Wir waren Dschingis Khan voraus. Am Abend trainierte ich mit Jo auf unserem Bett Kämpfen. Bei mir hielt er sich gut.

Nicht nur Dschingis Khan griff an, auch unsere Mitschüler rotteten sich zusammen. Auf dem Weg zum Hort versperrten sie uns immer wieder die Straße. Sie stießen und schubsten uns ein bisschen

---

[3] Kloake, Abwasserkanal

herum, dann ließen sie uns immer vorbei. Meine Beine zitterten trotzdem jedes Mal. Später ärgerte ich mich über mich selbst. Nicole weinte. „Halt die Klappe“, zischte ich. Wenn Nicole weinte, ärgerten sie uns noch mehr.

Draußen vor dem Hort sah ich den dünnen Andreas mit einer Mülltüte in der Hand über die Straße latschen. Er war auch dabei, wenn sie uns auf dem Weg schikanierten. Der dünne Andreas war so dünn, dass man in umblasen konnte. Jetzt war er allein. Ich rannte raus, zu ihm rüber, zu den Aschentonnen. Er blieb stehen und starrte mich an. „Du Arsch“, brüllte ich und boxte ihn in den Bauch, wie es Svenja bei mir getan hatte. Er klappte zusammen. Ich stemmte die Hände in die Seiten. „Sag den Anderen, dass sie dran sind. Niemand greift uns an. Verstanden?“ Andreas piepste „Ja“, und rannte nach Hause.

Mark rief nach mir.

„Komm rein. Ingrid will dich sprechen.“

Ingrid schimpfte, weil ich rausgelaufen war und nicht vorher Bescheid gesagt hatte. Über meine Prügel verlor sie kein Wort. Ich entschuldigte mich. Sie ließ mich gehen.

17.

Mittlerweile war ich acht. Eine gute Zahl. Sie hatte zwei Kreise. Ich ging in die zweite Klasse und konnte rechnen. Ich hatte bei Mark einige Sammeltassen erstanden und im Hort ein Café eröffnet. Es lief gut. Aus der Küche bekam ich Milch. Das Kakaopulver kaufte ich bei Plus. Ich wurde reich.

Eines Tages tauchte Tommi auf und behauptete, ich müsse Steuern zahlen. Ich weigerte mich. Er hatte sich diese Steuern nur ausgedacht, damit er auch etwas an meinem Kakao verdiente. Er drohte mir, das Geld sofort zu entwerten. Solle er doch, antwortete ich. Ingrid gesellte sich zu uns und verfolgte interessiert unserer Diskussion. Ich fühlte mich wichtig.

„Maja kriegst du nicht klein", sagte sie.

Ich war stolz auf meinen Ruf, wusste aber sicher, dass Tommi das Geld entwerten würde. Also kaufte ich bei Aljoscha im Second-Hand-Laden ein und gab mein ganzes Geld aus. Ich kaufte eine Langspielplatte, ein Kleid und Geschirr. Auch bei Aljoscha war Tommi wegen der Steuern gewesen. Er weigerte sich ebenfalls, zu blechen. „Ich bin doch nicht doof", sagte er. Dann wollte Aljoscha sein

Geld loswerden, er kaufte von mir eine Packung Kakao und Tassen bei Mark. Jetzt hatten Mark und ich wieder Geld. So ging es den ganzen Nachmittag, bis wir unser Geld an Kinder losgeworden waren, die keine Ahnung von Wirtschaft hatten.

Am nächsten Tag warf Tommi das Geld auf den Müll. Kindergartenkinder entdeckten es dort. Ich sah vom Fenster aus, wie sie aufgeregt mit dem Geld umherliefen. Sie hämmerten an unsere Tür und bestanden darauf, bei uns einzukaufen, aber niemand wollte das alte Geld.

Ingrid lobte am Mittagstisch unsere Schlauheit. Sie hatte sich aufgeschrieben, was sich in den letzten zwei Tagen im Hort ereignet hatte. Die Lobrede veranlasste Mark, eine kirchliche Messe für die Kindergartenkinder zu planen. Die hätten zwar lieber das Hortgeld benutzt, aber auch diese andere Gelegenheit, den Hort betreten zu dürfen, kam ihnen recht. Die Hortkinder waren nicht mehr bereit, eine Stunde lang Predigten anzuhören. Mark hatte sich zum Ziel gesetzt, die Kinder zum Christentum zu konvertieren. Nicole und ich sollten ihm als Messdienerinnen zur Seite stehen. Dass wir Atheistinnen waren, interessierte ihn nicht. Wir bastelten Engelsflügel aus Karton und Alufolie. Die Flügel fand Mark spitze. Nach dem Mittagessen baute er die Stühle und den Altar auf. Wir, seine

Diener mussten ihm helfen. Anschließend wurden die Kindergartenkinder hereingelassen. Sie nahmen brav auf den Stühlen Platz. Mark segnete sie und hielt die Kinder an, mit ihm zu beten. Nicole und ich brauchten nicht zu beten, denn Engel standen darüber.

„Du Arsch.", schrie Mika ohne jede Vorwarnung und boxte ein Kind in den Rücken. Sofort standen auch andere Kinder auf und brüllten einander an. Mark warf den Altar um. Er brüllte lauter als alle Kinder zusammen und wirbelte wie ein Sturm durch den Raum. Die Kinder erstarrten. Nur noch sein Geschrei war zu hören. „Raus hier", schrie er. „Alle raus hier." Er zog die Kinder am Kragen zur Tür. Bald war der Saal leer. Eigentlich wollte Mika Jo heiraten, aber das war jetzt nicht mehr drin. Heiraten war sowieso spießig, dachte ich. Es war das letzte Mal, dass Mark versuchte, im Hort einen Gottesdienst zu halten. „Unwürdig", sagte er. „Ihr seid doch alle unwürdig."

18.

Die Tochter eines Berliner Intendanten kam zu uns in den Hort. Intendanten seien wichtige Kulturmenschen, sagte Dora. Der Vater leitete ein Theater. Die neue besuchte die erste Klasse und hatte eine gleichaltrige Schwester, die nicht ihr Zwilling war. Das lag an den verschiedenen Müttern. Silvia, Marks Frau, behauptete, es sei Inzest. „Inzest ist was anderes", sagte Tommi. „Bei Inzest ficken Geschwister miteinander." Ich glaubte Tommi. Tommi hatte meistens Recht. Silvia hielt sich von der Neuen fern. Sie sei komisch, behauptete sie. Die Neue hieß Tiger. Wer sie nicht so nannte, wurde von ihrem nervenzerreißenden Geschrei gequält. Tiger freundete sich mit Bär, Marks und Silvias Tochter, an, was bei Silvia Unverständnis auslöste.

Im Zirkus wollten Tiger und Bär das Stück *Oh, wie schön ist Panama* aufführen. Sie waren gut darin. Die Tierrollen waren so echt, besser als das Buch von Janosch.

Tiger liebte Jungen. Sie wollte so viele von ihnen küssen, wie sie nur konnte. Sie führte eine Liste. Tiger war nicht hässlich, aber die Jungen hatten

Angst vor ihr. Ich hätte auch gern so ein natürliches Schutzschild besessen, doch Tiger litt darunter.

Meine Klassenkameraden griffen mich nicht mehr an, doch jetzt lauerten sie Jo auf. Ich hatte eine Idee. Alle Jungen, die Jo etwas zu Leide taten, sollten von Tiger geküsst werden, auch die, die ihn wegen seiner langen Haare hänselten. Tiger war begeistert. Wir begannen auf dem Schulhof. Tiger küsste die Jungen, während ich sie festhielt. Es funktionierte. Ich wunderte mich darüber, dass Küsse mehr bewirkten als Schläge. Niemand rührte mehr Jo an, außer Dschingis Khan. Den wollte auch Tiger nicht küssen.

Eines Tages stand eine Mutter auf dem Schulhof und beschimpfte mich und Tiger. Ich verstand ihre Aufregung nicht. Seit ich in der Schule war, fingen die Jungen die Mädchen ein, um sie zu küssen. Niemand war wegen der Mädchen in die Schule gekommen. Ich erzählte es Dora. Wutentbrannt zog sie mich den Morgen darauf in die Schule. Sie schrie die Lehrerin und den Direktor an. Auf die Eltern sollte ich auf keinen Fall hören. Als wieder eine Mutter auf dem Schulhof stand, spuckte ich zu Boden. „Du blöde Olle“, sagte Tiger. „Wir Feministinnen lassen uns nicht unterbuttern,“ fügte

ich hinzu und Tiger nickte. Die Mutter drohte uns
mit der Polizei. Wir lachten nur.

19.

Auf die Demo in Hannover freuten wir uns schon lange. Tausende von Traktorfahrern sollten dort mitdemonstrieren. Wir malten nur noch Reaktoren und Hunde, Katzen und Vögel, die dagegen protestierten. Besondere Mühe gaben wir uns mit unserem gemeinsamen Transparent, eine Anti-Atomkraftsonne. Jo durfte uns beim Ausmalen helfen.

Die Busse starteten von der Uni. Atomkraftwerke waren gefährlich, gefährlicher als Bomben. Wenn sie explodierten, würden wir elendig sterben. Warum solche Reaktoren gebaut wurden, fragte ich Dora im Bus. Weil man Geld damit machen konnte, und es mächtige Leute gab, die nicht genug davon bekamen, auch wenn sie die ganze Welt verseuchten. „Denen werden wir es zeigen", sagte Aljoscha, der neben mir saß. Seine Eltern waren mit dem Auto vorgefahren. Hinten an unserem Bus hing unser Anti-Atomkraft-Transparent. Auf allen Autos der Freunde unserer Eltern klebten Anti-Atomkraft-Aufkleber. Wer die Sonne nicht am Auto hatte, war reaktionär. Aljoscha und ich trugen Anti-Atomkraft-Buttons an unseren Jacken. Wir waren stolz darauf, dass unsere Eltern für unsere Zukunft kämpften.

Die Polizei würde sich ruhig verhalten, sagte Dora. Viele normale Leute liefen mit. Die normalen Leute, wie Dora sie nannte, waren Menschen, die keinen Parka und keine Jeans trugen, sondern gekleidet waren wie die Eltern der Kinder in meiner Klasse oder wie unsere Lehrerin.

Wir hüpften mit dem Transparent über die Straße und kreischten „hopp, hopp, hopp, Gorleben stopp". Wir rannten, stoppten und rannten wieder los. Aljoscha auf einer Seite, ich auf der anderen und Jo in der Mitte. Es machte richtig Spaß. So marschierten wir eine Weile, ohne auf Dieter und Dora zu achten. Als ich mich nach hinten umdrehte, fand ich sie nicht mehr. „Halt", rief ich, „die Erwachsenen sind weg."

„Mist", sagte Aljoscha. „Was machen wir jetzt?"

„Lass uns am Rand warten", schlug ich vor.

Wir sahen die Leute an uns vorbeiziehen, aber Dieter und Dora tauchten nicht auf. Ich fühlte einen Kloß im Hals. Jo begann zu quengeln, er wolle zu Dora. Aljoscha meinte, wir sollten zum Platz laufen, wo die Kundgebung stattfand. Da seien auch seine Eltern.

„Ich will sie aber jetzt sehen", quengelte Jo.

„Bei der Kundgebung" versicherten wir ihm.

„Nein jetzt."

„Das geht nicht."

Wir machten uns auf den Weg und zogen Jo hinter uns her. Er fing an zu weinen. Leute sprachen uns an.

„Unsere Eltern sind auf der Kundgebung", wiederholten wir immer wieder. Ein Mann hielt einen Traktor für uns an und hob uns hinauf. Der Traktorfahrer ein dicker Mann mit Schnäuzer lächelte uns an. „Na dann mal los Kinder." Wir fuhren langsam an. Jo weinte nicht mehr. Jetzt fummelte er an den Lichtschaltern rum. Auch Aljoschas Gesicht hellte sich auf. Mir war das Ganze nicht geheuer. Immer weiter entfernten wir uns von der Stelle, an der wir Dieter und Dora aus den Augen verloren hatten. Nirgends sahen wir sie. Es dauerte eine Weile, bis wir die Wiese erreichten, auf der die Kundgebung stattfand. Viel zu viele Menschen waren dort. Der Traktorfahrer brachte uns zum Podium. Wir sollten unsere Namen in das Mikrophon sprechen. Ich blickte in die Menge vor uns. Nirgends waren sie zu sehen, weder unsere noch Aljoschas Eltern. Wahrscheinlich suchten sie uns woanders. Vielleicht warteten sie an der Stelle, an der wir uns aus den Augen verloren hatten. Wir saßen auf dem Podium fest. Lieber hätte ich unsere Eltern selbst gesucht. Immer neue Erwachsene sprachen auf dem Podium. Es war langweilig. Jo setzte sich bei einer Frau auf den Schoss und

Aljoscha schlief auf dem Boden ein. Wie man so schlafen konnte? Endlich tauchte Dieter in der Menge auf. Ich winkte so wild, dass mein Arm schmerzte.

20.

Ein paar Wochen nach Hannover wütete bei Aljoscha die Polizei. Es war schon dunkel. Überall um das Haus sah man die Blaulichter. Ich klebte mit Jo am Fenster. Wenig später sah ich Aljoscha über die Straße rennen. Er klingelte Sturm. Dora öffnete ihm. Ich hörte, wie er die Treppe hochpolterte. Er sah aus wie ein Gespenst. Dora nahm ihn in die Arme. „Du bist ja total kalt. Komm ich mach dir einen Kakao." Aljoscha begann zu weinen. Er war nur durch die Polizeisperre gekommen, weil er gelogen hatte, erfuhren wir während Dora den Kakao anrührte. Wir seien seine Verwandten, hatte er erzählt. „Ein bisschen stimmt das ja auch", sagte Dora und streichelte ihm den Kopf. Seinen Eltern haben die Bullen die Arme verdreht, den Vater mitgenommen. In der Wohnung haben sie alles aus den Schränken gerissen und auch sein Zimmer sei verwüstet.

Dora brachte uns drei ins Bett. Doch sobald sie das Zimmer verlassen hatte, stellte sich Aljoscha ans Fenster. Er hockte dort schweigend im Dunkeln. Durch das Licht der Straßenlaternen, das spärlich in unser Zimmer schien, sah er aus wie eine

Steinstatue. Stunden später schlüpfte er bei mir unter die Decke und weckte mich dabei. Er zitterte und weinte. Ich nahm ihn fest in die Arme und weinte mit.

Den nächsten Morgen stand er früh auf und lief nach Hause. In die Schule kam an diesem Tag nicht und auch nicht in den Hort. Als Aljoscha am Tag darauf wieder auftauchte, nannten die Kinder ihn einen Terroristen. Sein Vater blieb verschwunden. Am Nachmittag griff Dschingis Khan bei ihm zu Hause an. Aljoschas Wohnungstür war eingetreten, die Mutter nicht da. Dschingis Khan verprügelte Aljoscha und zerstörte das, was in seinem Zimmer noch heil geblieben war. Auch diese Nacht schlief Aljoscha bei uns. Zu Hause hatte er Angst.

Ich flüsterte unter der Decke Aljoscha das Geheimnis meiner Oma ins Ohr.

„Du musst einen Drachen bei Mondlicht küssen", flüsterte Aljoscha zurück.

„Woher weißt du das?"

„Ich habe es gelesen."

„Und wo finden wir jetzt einen Drachen?"

„Im Dinosaurierpark wohnen Drachen", sagte Aljoscha.

„Echt?"

„Klar."

„Da müssen wir hin."

Jetzt oder nie, Anarchie stand seit kurzem im Hausflur bei Aljoscha. Das A war mit einem Kreis umrandet. Jo hatte sich im Kindergarten einen dicken Edding ergattert und schrieb überall umrandete As in unsere Wohnung. Jo war jetzt bald sechs und machte einen Schreibkurs mit Dora. Die As schrieb er ins Badezimmer, in den Flur, auf die Türen. Dann begann er draußen an den Hauswänden. Dieter schrie Dora an, sie solle Jo die As austreiben.

„Was habe ich damit zu tun?", schrie Dora zurück.

„Du setzt dem Jungen doch die ganzen Flausen in den Kopf."

„Na, hör mal!"

Dora knallte ihre Zimmertür hinter sich zu. Yogi flatterte aufgeregt in der Küche herum und landete zwischen dem Salz und dem Zucker. Jo holte das Schild *verbieten verboten* aus dem Regal und wanderte damit zu Dieter. Dieter riss es ihm aus der Hand und warf es zu Boden. „Wir landen noch alle im Knast", schrie er. Jo weinte und rannte zu Dora. Dieter nahm seine Sommerjacke. „Lass uns Pommes essen gehen", sagte er zu mir. Ich ging mit.

„Warum kommen wir in den Knast?", fragte ich auf dem Weg an der Hundewiese.

„Hast du nicht gesehen, was bei Aljoscha los ist?". Er nickte in die Richtung von Aljoschas Haus. „Dora ist lebensmüde."

Ich schluckte. Ich musste Jo den Edding wegnehmen. Kurzen Prozess mit ihm machen, wie es Dieter manchmal nannte. Ich musste ihm Angst machen oder ihn sogar verprügeln. Ich wollte nicht wegen Jo in den Knast oder ins Kinderheim, was ich mir noch schlimmer vorstellte. Die Pommes schmeckten heute nicht.

Abends im Bett erzählte ich Jo, dass wir ins Kinderheim mussten, weil Dieter und Dora ins Gefängnis kamen, wenn Jo mit dem Edding die Hauswände bemalte. Auch einen Edding zu besitzen sei gefährlich. Er begann zu weinen.

„Gib mir deinen Edding, dann ist alles wieder gut", beruhigte ich ihn.

Er holte ihn aus seiner Jackentasche.

„Wir werfen ihn jetzt weg", sagte ich.

Jo nickte. „Dann ist alles wieder gut?"

„Ja, dann ist alles wieder gut."

21.

"Die Rolling Stones sind pervers", schimpfte Oma und schaltete auf Fußball um. Fußball hasste ich. Kleine Männchen, die hinter einem Ball herliefen. Auch Jo war nicht sonderlich interessiert. Er schlüpfte unter das Sofa. Ich lugte zum ihm runter. Fußball war was für erwachsene Männer, die Bier tranken und was für Oma. Oma nannte es Sport treiben, wenn sie vor der Glotze hockte. In ihrem Sessel, den nur sie benutzen durfte, thronte sie wie eine Königin. Opa durfte dort nicht sitzen. Oma war der Chef. Sie rauchte Zigaretten und kommandierte ihn herum. Bei Oma war es langweilig. Ich drückte mich auch unter das Sofa. Es war so eng, dass man sich nur robbend vorwärtsbewegen konnte. Jo hatte es schon bis unter Omas Sessel geschafft. Ich arbeitete mich unter dem Sofa durch. Millimeterarbeit. Den ganzen Nachmittag in Omas Wohnzimmer. Da musste man sich was einfallen lassen. Jo schlüpfte bei Oma wieder raus. Ich war immer noch unter dem Sofa. Jo fing wieder von vorn an. Ich drückte mich bei Oma durch und kam direkt bei den Heinoplatten neben der Sofalandschaft an. Oma war Heinofan. Heino sei reaktionär, sagte

Dora. Ich holte mir eine Heinoplatte raus und betrachtete den weißen Mann mit der dunklen Sonnenbrille. Oma war nicht reaktionär. Sie wählte die SPD und hatte im Krieg die Bomben bei Krupp sabotiert. Sie hatte dort keinen Sprengstoff eingebaut. Das wusste ich von Dora. Ich stellte Heino wieder zurück und blickte auf die Schrankwand mit den Bücherattrappen und den Nippesfiguren. Die Nippesfiguren sahen doof aus. Oma liebte sie. Es sei Kunst. Im Museum sah die Kunst anders aus. Im untersten Fach lagen die gemieteten Zeitschriften vom Lesezirkel, Rätselhefte und der neueste Quellekatalog. Ich nahm mir eine Zeitschrift vom Stapel und blätterte darin. Jo setzte sich mit einer anderen Zeitschrift neben mich. Wir kommentierten die Fotos. Lauter feine Damen und feine Herren. Feine Leute waren bei Dora auch reaktionär. Ich wusste, dass die Leute auf diesen Fotos nicht unser Modell waren. Nie sah man Menschen in der Kleidung unserer Eltern und ihrer Freunde in Omas Zeitschriften. Bei Oma durften wir ja auch keine Rockmusik hören. Ich wusste, dass Oma Dieter und Dora wegen ihrer Kleidung kritisierte. Unanständig nannte sie sie. Zu Weihnachten und zum Geburtstag schenkte uns Oma was Anständiges. Darunter waren auch die kratzenden Strumpfhosen, die nur als lustige

Kopfbedeckung taugten. Nach fünf Heften und dem Quellekatalog, in dem wir das Spielzeug bewundert hatten, kochten wir mit Opa Pudding. Opa war im Krieg Soldat gewesen. Trotzdem fand ich ihn sympathischer. Er kochte die besten Süßspeisen und Reibekuchen. Außerdem wählte er die SPD wie Oma. Über dem Sofa hing ein Bild von Opa. Salerno. Dort war er im Krieg gewesen. Salerno lag in Italien. Die Leute in Salerno hätten ihn gut behandelt sagte er. Auf dem Bild sah man einen Strand mit Booten, Häuser und dahinter Berge und einen blauen Himmel. In Salerno war es warm. Manchmal durften wir bei Opa ins Arbeitszimmer. Eine kleine Kammer, die komisch roch, in der ebenfalls eine riesige Schrankwand und ein Tisch standen. Auf dem Tisch puzzelte Opa. Ins Schlafzimmer durften wir nicht. Wenn Oma uns dort am einklappbaren Spiegel erwischte, schimpfte sie und nannte uns Ferkel. Lange überlegte ich mir, warum man ein Ferkel war, wenn man in Omas Schlafzimmer ging. Ich kam zu dem Schluss, dass Oma und Opa dort Sex hatten. Zuhause spielte ich mit Jo das Spiel sexy Oma und Opa, dabei wechselten wir jedes Mal die Rollen. Oma lag im Bett und rief Opa herbei. Bei Oma durften wir auch nicht allein auf die Straße. Es sei zu gefährlich. Dieter hatte schlimme Geschichten von früher erzählt. Wenn man aufs Klo ging, musste man lüften, denn das Klo sollte nicht stinken, oder man war ein Ferkel. Sicher lag das an den vielen Würmern, die Oma früher gehabt hatte, als sie auf dem Plumpsklo im Hof kacken musste. Ich wollte kein Ferkel sein und versuchte, bei Oma nicht das Klo zu benutzen. Opa puzzelte im Arbeitszimmer mit winzig kleinen Puzzleteilen. Später spielte er mit Oma Scrabble, ein Spiel, das ich noch nicht verstand, und bei dem Oma immer gewann. Als Dieter wieder auftauchte, war ich froh, dass der Nachmittag um war.

22.

Zu Mark durfte man nicht in die Wohnung. Nur heimlich. Vom Garten konnte man in die dunkle Küche sehen. Manchmal saß da Vatter. Vatter war schon grauhaarig. Dora sagte, Vatter sei Marks Opa oder sein Großonkel. Vatter war harmlos. Er nickte, wenn er mich sah. Aber Mutter schimpfte. Die bucklige, grauhaarige Frau im Hausfrauenkittel machte mir Angst. Manchmal, wenn sie auf dem Sofa in der Küche schlief, schleuste mich Mark in sein Zimmer. Eine winzig kleine Kammer ohne Spielzeug. Lange hielt ich es dort nie aus. Lieber spielte ich bei ihm im Garten, der sich bis an die Kohlenbahnlinie erstreckte. Vatter hielt dort Tauben und Mutter hatte einen Gemüsegarten.

Mark zeigte mir, wie man Blumen aus anderen Gärten stahl. Wir pflanzten sie bei ihm im Garten wieder ein. Eines Tages fand er bei mir im Villenviertel eine kleine Edeltanne. Sie sei sehr wertvoll. Er wollte sie unbedingt stehlen. Als es dunkel wurde, holten wir einen Spaten aus Marks Schuppen und zogen damit los.

Wir warteten vor dem Haus, bis die Lichter ausgingen und ein Auto davonfuhr. „Das ist unsere Chance", sagte Mark. Er brabbelte etwas von gutem Fang.

Wir begannen im Garten zu graben. Zum Glück schien der Mond. „Mach schnell", rief Mark. Er grub und ich sollte am Baum ziehen. Er bewegte sich nur langsam. „Drehen". Mark half mir. Wir zogen zusammen. Ein Mann mit Hund erschien am Ende der Straße. Wir versteckten uns hinter einer Hecke. Mein Herz klopfte. „Weiter", rief Mark, als der Mann vorbei war. Endlich zogen wir den Baum raus und rannten davon. Am Schulhof verschnauften wir. Von hier blickten wir auf die Straße, aus der wir mit unserem Raubgut geflüchtet waren. Meine Hüften stachen. Ich stemmte meine Hände auf die Knie. Fast waren wir in Sicherheit. Wir standen im Dunkeln. Hier sah uns niemand. Es schien mir so, als ob in dem Haus ein Licht anging. „Dort wohnt Dschingis Khan", sagte Mark.

„Was? Bist du verrückt geworden?"

„Weg", flüsterte Mark. Wir rannten mit dem Baum über den kleinen Weg an der Hundewiese. Dann rechts in die Bergarbeitersiedlung. Völlig außer Atem erreichten wir Marks Haus. „Wir haben Dschingis Khans Edeltanne geklaut", keuchte ich. Er kicherte. „Das hat er verdient." Er gab mir einen schmerzenden Bodycheck. „Mann ey“, schrie ich. Wir schlichen uns in Marks Garten und gruben den Baum dort ein.

Am nächsten Morgen erzählte mir Mark, dass er von Vatter eine mächtige Tracht Prügel bekommen hatte. Den Baum brauchte er aber nicht zurückzubringen.

23.

Mit neun war man groß. Zum Geburtstag bekam ich ein Buch für neunjährige Kinder. Nicole meinte, es sei für neugierige Kinder. Sie hatte recht. Trotzdem war es für mich ein Buch für Neunjährige. Neun war richtig groß. Die letzte einstellige Zahl. Das Buch handelte von Sex und vom Kinderkriegen. Ich wusste schon lange, wie man Kinder zeugt. Das hatte mir Dora erklärt, als Jo kam. Aber die Fotos gefielen uns, mir und Nicole. Wir blätterten das Buch immer wieder zusammen durch. Hier lasen wir auch wie Frauen mit Frauen und Männer mit Männern Sex machten und wie man es allein tat. Nicole war an Frauensex interessiert. Ich fand Einzelsex spannend. Onanie nannte man diese Technik. Ich probierte es an mir aus, spürte aber nichts Besonderes. Der Sex mit Nicole war da doch weitaus spannender. Auf Jungen wollten wir bis auf Weiteres verzichten.

Auch Jo war jetzt groß. Er wurde eingeschult und kam in den Hort. Tiger küsste alle Jungen, die Jo zu nahetraten. Sie hatte viel zu tun. Tiger wollte Jo heiraten. Mika war eifersüchtig und biss Tiger in den Arm. Jo entschied sich, beide zu heiraten. Mark, der dafür verantwortlich war, weigerte sich. Man könne nur eine Frau haben, erklärte er. Das verstand Jo nicht. Ich bequatschte Aljoscha, Tiger zu heiraten, aber Aljoscha wollte mich heiraten. Das Leben war manchmal schwer. Ich wollte Nicole heiraten, aber auch hier weigerte sich Mark. „Zum Teufel mit deinem Gott“, schrie ich ihn an. Mark nannte mich eine Gotteslästerin. „Dafür kommt man in die Hölle“, drohte er. Zu Hause fragte ich Dora, ob die Hölle wirklich existierte. Dora sagte, dass die Teufel bloß revolutionäre Engel seien, die sich nicht vom autoritären Gott regieren lassen wollten. Also waren die Teufel welche von uns, dachte ich. Mit dem Buch für neugierige Kinder ging ich Mark besuchen. Er saß im Garten. Wir setzten uns mit dem Buch unter eine große Kastanie. Zuerst erzählte ich ihm von den revolutionären Engeln. Mark wollte mir nicht glauben. Ich öffnete mein Buch und zeigte ihm das Kapitel der lesbischen Liebe. Mark wollte die Fotos sehen. Er wurde rot. Ich lachte.

„Das ist nicht möglich“, sagte er, „erzähl bloß nicht Mutter davon, sonst darf ich nicht mehr mit dir spielen.“

„Warum?“, wollte ich wissen.

Mark zuckte mit den Schultern. „Schwör“, sagte er.

„Schon gut, ich schwör.“

„Richtig.“

Ich spuckte auf meine Hand und hielt den Mittel-
und den Zeigefinger in die Luft. Jetzt war Mark
zufrieden. Für mich bestand überhaupt keine Gefahr.
Nie würde ich mich Marks Mutter nähern. Ihre
Küche war die Höhle des Drachen.

Ich wandte mich an Oswald. Oswald gab mir in
Hinblick auf die Engel recht. Linke heirateten nicht
in der Kirche, sagte er. Oswald konnte uns
standesamtlich trauen. Er war Erzieher. Wir
heirateten als ganze Wohngemeinschaft, Jo, Mika,
Tiger, Aljoscha, Nicole und ich, und unterschrieben
ein Dokument. Bär heiratete ein paar Tage später mit
ein und entkindete sich von Mark und Silvia. Wir
seien pervers, behauptete Silvia. Pervers wie die
Rolling Stones bei Oma, dachte ich. Ich streckte ihr
die Zunge raus. Silvia war gar kein Kind. Sie war
eine Spionin. Ihre Stirn runzelte sie schon wie die
Erwachsenen.

Nach meinen Fragen über die Hölle brachte mich
Dora in die Kirche am Stoppenberger Markt. Sie
wollte mich über einige Dinge aufklären. Dort war
es dunkel und roch komisch. Dora zeigte mir die
schönen bunten Fenster, doch mein Blick blieb an
dem knochigen Mann am Kreuz hängen. Er war bis
auf die Unterhose nackt. „Ist das Jesus?“, fragte ich.
Dora legte den Finger auf den Mund und nickte.

Warum sie flüsterte, verstand ich nicht. Niemand schlief. Dora schlich tiefer in die Kirche hinein.

„Lass uns lieber wieder gehen", sagte ich.

„Warte noch ein bisschen", sagte Dora.

„Es ist hier aber gruselig."

„Ach was, in die Geisterbahn gehst du doch auch. Reiß dich zusammen. Schaffst du das?"

„Ja."

Eine alte Frau betrat die Kirche, hielt ihre Finger in einen großen Steintopf am Eingang und machte eine seltsame Bewegung. „Was macht die Frau?"

„Sie bekreuzigt sich."

„Warum?"

„Das macht man hier so."

„Du hast es aber nicht getan."

„Nein."

„Jetzt will ich wirklich gehen." Ich zog Dora am Ärmel.

„Jesus war Jude", sagte Dora, als wir zum Auto gingen.

„Ist er deswegen am Kreuz?"

„Nein, er war ein Revolutionär."

„Wie die Teufel?"

Dora lachte. „Vielleicht."

„Kommt Aljoschas Vater auch ans Kreuz?"

Dora schüttelte den Kopf.

„Nein. Das wird schon lange nicht mehr so gemacht. Das war bei den Römern vor 2000 Jahren. Aljoschas Vater sitzt bloß im Gefängnis."

Ich atmete auf. Trotzdem ließ es einen bitteren Beigeschmack in mir zurück. Das „bloß im Gefängnis" war sicher nicht so harmlos, wie Dora es mir weismachen wollte. Ich wusste, dass sie mir Dinge vorenthielt, weil ich noch ein Kind war. Je älter ich wurde, desto mehr erzählte sie mir, aber nie alles.

Dieter erzählte mir von seiner Kindheit. Er wurde gezwungen, in die Kirche zu gehen. Die Kirche und die Schule waren früher sehr gefährlich. Der Lehrer schlug Dieter mit dem Stock auf die Hände. Das gehörte damals zur Erziehung. Auch seine Mutter, unsere Oma schlug ihn. Der Priester machte ihm Angst mit der Hölle. Dieter sagte, der Priester drohte mit der Hölle, damit er Geld bekam. Wenn man bezahlte, kam man nicht in die Hölle. Verbrecher, sagte Dieter. Sich einen Platz im Paradies zu kaufen, sei nicht möglich.

An einem Sonntag bestand Dora darauf, mit mir in den Gottesdienst zu gehen, den viele meiner Klassenkameraden besuchten. Damit ich sie besser verstehe, meinte Dora. Jo wollte mit. Dora sagte, es sei nur was für Große. Das überzeugte mich. Dora hatte als Kind gerne in der Kirche gesungen, außerdem wurde dort Orgel gespielt. „Hättest du deine Geschichten nicht später erzählen können“, zischte sie Dieter an. Mit gemischten Gefühlen folgte ich Dora zum Gottesdienst an der Kirche am Katernberger Bahnhof. Auch hier roch es komisch und wieder hing dort so ein leidender Jesus. Warum mussten in den Kirchen solche leidenden Skulpturen hängen, fragte ich mich. Sicher hatte Dieter recht. Wieder legte Dora den Finger auf den Mund. Ich beobachtete, wie die Leute Zeichen vor sich hinfuchtelten, als sie die Kirche betraten. Nur Dora machte das nicht. Vorne stand ein schwarz gekleideter Mann am Pult. „Ist das ein Zauberer?“, fragte ich Dora. „Ein Priester“, flüsterte sie. Mir war kalt, die Bank war hart und die Rede des Schwarzgekleideten todlangweilig. Dann sah ich Mark. Er stellte sich neben den schwarzen Mann. Ich winkte ihm. Dora legte eine Hand auf mein Bein. „Er kann dir jetzt nicht antworten.“ Mark sah eigenartig aus. Der Priester sprach vom Leib Christi. Vielleicht hatte er Mark verzaubert.

„Was ist ein Leib?“

„Ein Körper“, flüsterte Dora.

Ein anderer Junge brachte dem Priester eine Schale. Wahrscheinlich mit dem Körper von Christi. Der Priester nahm die Schale an sich.

„Warum essen die Menschen Christi?“, fragte ich.

Dora lachte leise. „Das ist nur Esspapier. Jesus ist schon lange tot.“

„Dann ist der Mann da vorne ein Lügner?“ Jemand drehte sich zu uns um.

„Sei leise“, flüsterte Dora.

Mark bekam Esspapier von dem Mann in Schwarz auf die Zunge gelegt. Es war nicht der Körper von Christi.

„Lass uns gehen Dora, ich will hier nicht mehr sein.“

Draußen vor der Tür strich mir Dora über die Haare. Die Sonne schien mir ins Gesicht. In den Bäumen raschelte leicht der Wind. „Komm, wir gehen ein Eis essen,“ sagte Dora und nahm meine Hand. Wir liefen unter der Eisenbahnunterführung durch zum Katernberger Markt.

„Dora?“

„Ja.“

„Ich möchte nie mehr in die Kirche.“

„Manchmal gibt es Dinge, die man aushalten muss“, sagte sie.

„In die Kirche will ich aber nicht mehr.“

Ich träumte, wie das Esspapier aus getrockneten Jesuskörpern hergestellt wurde. Erst waren es

Menschen, dann wurde ihre Haut so trocken, dass sie braun wurde. Die getrockneten Jesuskörper wurden an Kreuze gehängt und in Kirchen gebracht. Nachdem sie lange genug dort gehangen hatten, wurden sie von schwarz gekleideten Zauberern abgenommen. Sie schnitten sie in dünne Scheiben mit einer Maschine, wie sie der Metzger für die Wurst benutzte. Ein Zauberer verlangte von mir, den getrockneten Jesus zu essen. Ich schrie. Dieter rettete mich. Ich hörte seine Stimme über mir. Er rüttelte mich wach. Das Esspapier an der Bude kaufte ich nicht mehr.

Dora hielt ihr Versprechen nicht. Vor den Weihnachtsferien sollten wir mit der Klasse in die Messe. Die Lehrerin gab uns auf, ein Adventsgedicht auswendig zu lernen. In der Eingangshalle der Schule wurde jede Woche eine neue Kerze angezündet. Das Gedicht handelte von Gott. Ich wollte es nicht lernen. Dora schrieb mir ein anderes Gedicht. *Advent, Advent, die Kerze brennt. Erst eins, dann zwei, dann drei, dann vier. Die Kinder wollen nicht in die Schule mehr.* Als ich Doras Gedicht aufsagte, kam ich in die Ecke. Ich war eine Revolutionärin. Thorsten zwinkerte mir zu. Ich grinste. In der Ecke fühlte es sich gut an. Auch im Hort lernten wir Weihnachtslieder. Dort gefielen sie mir. Oswald spielte Gitarre und wir sangen zusammen. Im Hort fühlte es sich anders an. Tommi spielte den Nikolaus. Er bastelte sich einen Bart aus Watte. Als er vor einer Kerze seine Ansprache hielt, brannte ihm der Bart. Wir löschten den Bart mit Tee. Neben dem Hort stand eine andere Kirche. Dort lebte ein Pfarrer mit seiner Familie. Dora sagte, zu seinem Gottesdienst könne man gehen. Er sei anders. Ich glaubte Dora nicht mehr. Aber alle aus dem Hort gingen dorthin. Jo war auch dabei. Es war langweilig, aber nicht so gruselig wie in Marks Kirche. In der Kirche hing nur ein Kreuz, ohne Menschen. Sie sangen „Jesus ist geboren", ich sang „Jo ist geboren". „Darüber freuen wir uns", sangen wir alle zusammen. Warum sollte ich mich freuen, dass Jesus geboren wurde, ich kannte ihn doch gar nicht. Jo trat mich ans Schienbein. Hier gab es keinen Leib Christi. Nach dem Singen bekamen wir im Hort kleine Geschenke, dann holte uns Dora ab.

Den Tag darauf sollte ich mit der Schule in die Messe am Katernberger Markt. Ich bekam hohes Fieber. Jo musste auch nicht hin.

Im Frühjahr fragte mich Dora: „Habt ihr schon die Konzentrationslager durchgenommen?"

„Nein."

„Ihr seid doch schon in der dritten Klasse."

Ich wusste nicht, wovon sie sprach. Dora nahm mein Sachbuch und blätterte darin herum. Dort schien nicht zu stehen, was sie suchte. Sie schnaufte. Ich schämte mich für mein Sachbuch. Sicher war es reaktionär. „Konzentrationslager sind Orte, in denen Leute wie wir umgebracht worden sind", sagte Dora. „Das müssen sie euch in der Schule erzählen", schimpfte sie. Ich erfuhr, dass ich als Baby getauft worden war, damit sie mich nicht umbrachten. Sie hatten das Wasser aus dem großen Steintopf am Kircheneingang über mich geschüttet. Mein toter Opa hatte es so gewollt. Jo war nicht getauft. Ich verstand nicht, warum. „Dein Opa war paranoid", sagte Dora, „ich habe da nicht mehr mitgemacht."

An einem Wochenende machten wir einen Ausflug nach Norddeutschland. Zuerst fuhren wir zu einer Stadt mit schönen Fachwerkhäusern. Dann wollte Dora zu so einem Konzentrationslager. Wir fuhren ein ganzes Stück durch einen Wald und erreichten einen Parkplatz. Jo und ich liefen Dieter hinterher auf den großen kahlen Platz mit einem niedrig geschorenen Rasen. Sicher hatte es hier einmal anders ausgesehen, aber ich konnte mir nicht vorstellen, wie. Es hatte etwas mit dem Krieg zu tun. Jetzt sah man nur noch eine leere Fläche. Dieter erklärte, hier seien viele Leute gestorben. Sie lagen alle unter der Wiese. Wir liefen zu Dora zurück. Sie lehnte an der Mauer des Lagers und weinte. Sie weinte so lange, dass es mir unendlich vorkam. Dieser Ort musste richtig schlimm sein. So lange hatte ich Dora noch nie weinen sehen, auch nicht, wenn sie mit Dieter stritt. Es begann zu dämmern und Dora beruhigte sich. Wir fuhren schweigend nach Hause. Ich verstand nicht, was wir mit diesem Platz zu tun hatten. Dora sagte, in Auschwitz haben sie unsere Leute umgebracht. Aber Auschwitz lag hinter dem Eisernen Vorhang. Auschwitz war noch schlimmer. Es war so schlimm, dass Dora wieder zu weinen begann. Jo weinte mit. Ich blickte aus dem Fenster in die Dunkelheit, bis die Fabriklichter auftauchten und wir wieder zu Hause waren. Ich stellte mir einen riesigen roten Vorhang vor, hinter den man nicht blicken konnte, da er aus Eisen war. Zu schwer, um einfach weggeschoben zu werden. Wegen Auschwitz hatte mein toter Opa keine Geige mehr gespielt, sagte Dora. Ich hatte ihn nie spielen gehört, auch Dora nicht. Sie war nach dem Krieg geboren und hatte in den Trümmern gespielt. Ihre Mutter, meine Lieblingsoma, die auch schon tot war, hatte sie dafür ausgeschimpft. Trümmer waren gefährlich. Jetzt gab es keine Trümmer mehr. Meine Oma hatte Ahnung von Drachen gehabt. Sicher hatte sie es im Krieg gelernt. Das, was hinter dem Eisernen Vorhang lag, musste grauenhaft sein.

Aljoschas Vater kam aus der U-Haft zurück. Er war im Gefängnis gewesen, aber sie hatten nichts gegen ihn gefunden. U-Haft hörte sich so an wie U-Bahn. Ich stellte mir einen dunklen Tunnel in Untergrund vor. In der Schule wurde Aljoscha als Terroristensohn gemieden. Nur im Hort hatte sich nichts geändert. Aljoscha war immer der Klassenbeste gewesen, doch nun hörte er nicht mehr zu. Er antwortete extra falsch und schrieb Parolen in die Schulhefte, anstatt seine Aufgaben zu lösen. Seine Noten wurden schlechter.

24.

Um die Welt wieder in Ordnung zu bringen, brauchten wir einen Drachen. Einen Drachen, der uns Kraft gab. Wir saßen auf Aljoschas Hochbett und träumten von unserer Kraft und was wir damit anstellen konnten. Zuerst Dschingis Khans Macht entschärfen und die anderen Kinder, die uns bedrohten zum Frieden zwingen. Es war nur ein erster Schritt, denn auch, wenn endlich Frieden in unserem Viertel herrschte, und Aljoscha nicht mehr als Terroristenkind geächtet wurde, musste der Drache uns noch bei viel mehr helfen. Je potenter der Drache, desto mehr erreichten wir. Die Mächte, gegen die unsere Eltern kämpften, waren weitaus gefährlicher. Mit ihnen fertig zu werden, würde kein Kinderspiel sein. Wir hatten Angst vor dem Kalten Krieg, vor Atomkraftwerken und Bomben. Welchen Drachen sollten wir küssen? Im Dinosaurierpark in Gelsenkirchen gab es welche. Bei Vollmond war die Magie wirksamer. Wir kletterten von Hochbett. Aljoscha holte seinen Sternkalender aus dem Regal. In ein Heft schrieben wir die Vollmondtage des Jahres 1980. Am Donnerstag, den 29. Mai wurde er um 23:27:36 Uhr voll. Das war perfekt für eine Nachtwanderung. Bis zum 29. Mai war es noch ein Monat. Bis dahin mussten wir Oswald und Ingrid und die Mitarbeiterinnen der Gruppe drei überzeugen. In der Gruppe drei arbeitete Doras Freundin Annette und neuerdings auch Aljoschas Mutter.

Annette konnte zwar schöne Geschichten erzählen, aber sie hatte mir Dora gestohlen. Ich musste trotzdem mit ihr reden. Annette war Referendarin. Manchmal nahm mich Dora ins Regenbogencafé neben der Unimensa mit, wo wir Annette trafen. Im Regenbogencafé durfte ich in der Küche helfen und Kaffee, Tee und Kuchen servieren oder ich stand hinter der Kasse. Wenn ich Dora begeistern konnte, dann vielleicht auch Annette. Ich brachte ihnen den Kaffee. „Ein Vollmondaufgang um Mitternacht ist etwas ganz Besonderes", begann ich. Dora sah mich an. Annettes Blick hing an der Tür. Stimmen und Getrampel war zu hören. Eine Gruppe Studenten stürmte das Café. Sie besetzen ein Haus in derselben Straße, schrie einer. Wir sollten mithelfen. „Was ist besetzen?", fragte ich. Niemand schenkte mir Gehör. Aufgeregte Geschichten, Wortfetzen, von Hühnern und von Polizei. Was hatten Hühner mit der Polizei zu tun? Beide befänden sich im Treppenhaus. Ich wollte das Haus sehen. Dora setzte ihren bösen Blick auf, den sie nur benutzte, wenn etwas ganz Gefährliches passierte. Sie verbot mir, mit den Studenten mitzugehen. Ich schmollte. Niemand klärte mich über die Situation auf. Dora durfte mir nichts verbieten. Ich ging zur Tür. Ein Mann mit Bart versperrte mir den Weg. Ich trat ihm gegen das Schienbein.

Er lachte. „Was für eine Kämpfernatur".

„Ein anderes Mal", rief Dora.

Sie versprach es. Niemand der Erwachsenen achtete mehr auf mich. Ich verzog mich an einen Tisch und malte. Den Plan der Nachtwanderung vertagte ich.

Aljoscha wurde ungeduldig. Wir mussten mit Oswald und Ingrid sprechen. Bisher war nur Aljoschas Mutter einverstanden mit unserem Plan. Ingrid und Oswald waren schwerer zu überzeugen. Normalerweise machten wir Nachtwanderungen im Nienhauser Park. Nach Gelsenkirchen würden wir sie nicht so einfach bekommen. Wir mussten an der Begründung arbeiten, sie von dem Gruseleffekt der Dinosaurier überzeugen, besonders bei Vollmond. Je mehr wir darüber nachdachten, desto auswegloser schien die Situation. Wenn wir es nicht mit dem Hort schaffen sollten, mussten wir am Abend ausreißen und mit dem letzten Bus zum Dinosaurierpark fahren. Dort übernachten. Im Wald. Wir würden

Decken brauchen und unsere Eltern würden sich Sorgen machen.

Am Wochenende planten sie im Regenbogencafé die Besetzung eines Kinderhauses. Aljoscha stand neben mir an der Kasse. Ob wir uns vorstellen könnten, mit den kleinen Kindern ohne die Erwachsenen in einem Haus zu übernachten, wurden wir gefragt. Die Polizei räumte keine Häuser mit Kindern, sagte Dora. Ich zwinkerte Aljoscha zu. Er nickte. Endlich hatten wir eine Chance. „Unter einer Bedingung", sagte ich. „Nur wenn wir im Dinosaurierpark eine Nachtwanderung machen. Bei Vollmond." Die Erwachsenen schauten mich belustigt an. „Warum nicht", sagte Annette. Schnell holte ich einen Notizblock und schrieb das Datum auf. „An diesem Tag, sonst besetzen wir nicht. Hand drauf. Ihr organisiert das."

Annette hielt ihr Versprechen und redete mit Ingrid. Ingrid fand die Idee spannend. Wir malten ein Flugblatt für das Event. Es wurde mit Linoleum gedruckt. Wir verteilten es im Hort und in der Gruppe drei. Im Hort war es jetzt das wichtigste Thema. Wir Kinder malten Dinosaurier und Drachen und schrieben ihre Kräfte darunter. Drachen für Frieden. Drachen gegen

Atomkraftwerke. Drachen gegen Bomben. Dschingis Khan ist am Ende. Bei den Erwachsenen geriet die Besetzung in den Vordergrund. Sie sollte am Monatsende stattfinden. Als sie das Datum für die Nachtwanderung verlegen wollten, schrien wir. Sie mussten auf uns hören, sonst würden wir uns weigern, das Kinderhaus zu besetzten. Der Tag, an dem ich den Drachen küssen würde, näherte sich. Schon jetzt fühlte ich seine Kraft.

Am 29. nieselte es. Noch einmal wollten sie die Nachtwanderung verschieben. Wir beharrten auf dem Datum. Mit Gummistiefeln und Schirmen. Mit sechs Autos fuhren wir los.

Zu den Steindinosauriern kamen wir ohne Eintritt. Dieses Mal hatte sich kein Erwachsener als Geist verkleidet. Der Gruseleffekt reichte auch so. Die Kleinen waren ganz still. Ein karges Licht von Annettes und Ingrids Taschenlampen beleuchtete uns den Weg. Wir stapften hinter ihnen her. Es roch nach feuchter Erde. Eine Eule heulte. Jo hielt Doras Hand. Zum Glück hatte er nicht darauf bestanden, neben uns zu gehen. Bei einem Gebüsch drückten wir uns an die Seite. Oswald ging vorbei, ohne uns zu bemerken. Wir warteten, bis keiner mehr zu hören war, dann holte Aljoscha seine Taschenlampe heraus und wir liefen zurück. Den Brontosaurus suchen. Aljoscha sagte, es sei der stärkste Drache. Dort stand er, in der Nähe des Parkplatzes. Sein Kopf ragte hoch aus den Baumkronen. Ich sollte ihn zuerst küssen. Um an den Kopf zu kommen, musste ich mich hinten über den Schwanz und den Rücken zum Hals hochhangeln. Der Stein war nass und glitschig. Zweimal rutschte ich wieder runter. In den Matsch. Aljoscha trieb mich an. „Es ist unsere einzige Chance, mach schon." Ich biss die Zähne zusammen. Wieder zog ich mich am Schwanz hoch. Meine Hände schmerzten, aber ich saß endlich auf dem Rücken. Aljoschas Taschenlampe leuchtete nur spärlich hinauf. „Weiter", rief er. Langsam robbte ich am Rücken des versteinerten Tieres empor. Mein Bauch war nass. Der Stein eiskalt. Am Hals angekommen, sackte ich kurz in mir zusammen. Wie sollte ich das schaffen?

„Der Hals ist diagonal, das kriegst du hin." Aljoscha klatschte in die Hände.

„Mann, hör auf. Ich muss mich konzentrieren."

Ich atmete tief durch und zog mich weiter in die Höhe. Zum Glück konnte man den Boden nicht sehen. Als ich endlich oben war, griff ich nach dem Kopf. Das Maul war auf der anderen Seite. Wie ein Affe hängte ich mich auf die andere Seite des Halses. Ich zitterte am ganzen Körper. „Küss", rief Aljoscha. Ich tat es. Ich tat es nochmal und nochmal.

Es kam mir vor wie in einem Traum. Jetzt konnte nichts mehr passieren. Dann hielten meine Hände mich nicht mehr. Ich rutschte ab und fiel. Jetzt bin ich tot, dachte ich. Es war kalt und nass. Aljoscha stand über mir. „Maja, kannst du dich bewegen?" Ich lag im Schlamm. Mein Po schmerzte und meine Beine zitterten. „Ich komme gleich wieder", sagte Aljoscha. „Ich hole Hilfe."

Ich versuchte aufzustehen. Meine Beine hielten mich kaum. Aljoscha suchte sicher einen anderen Drachen zum Küssen. Dann erschien Dora und brachte mich nach Hause. Ich kam in die Wanne. Meine Wunden heilte sie mit Jod. Am nächsten Tag musste ich trotzdem in die Schule.

Aljoscha war überzeugt, dass die Magie auch bei ihm wirkte. Er hatte bloß einen Stegosaurus geküsst. Der Stegosaurus hielt seinen Kopf ins Gras. Mein Drache sei potenter, meinte Aljoscha. Es war unser Geheimnis.

Zwei Tage später besetzten wir das Kinderhaus. Einen Saal voller Matratzen und Betten hatten die Erwachsenen vorbereitet. Wir Großen sollten die Kleinen hüten, sagte Dora. Sie ständen jetzt unter unserer Obhut. Falls die Polizei käme, sollten wir gleich erklären, dass nur Kinder anwesend seien. Das stand auch draußen auf einem Transparent an der Hausmauer. *Von Kindern für Kinder instandbesetzt.* Wir wurden zu Bett gebracht. Dann machten sie das Licht aus und ließen uns allein. Jo bekam Angst. Er behauptete in seinem Kissen seien Ungeheuer. Ich nahm das Kissen und hielt mein Gesicht hinein, legte es dann wieder auf die Matratze und schlug mehrmals mit der Faust drauf. Danach lugte ich nochmals ins Kissen. „Kein Ungeheuer mehr zu sehen", sagte ich. Jo schlief ein.

Ich war mir sicher, dass er die Kraft des Drachen war, die uns dabei half das Kinderhaus zu besetzten. Die Polizei kam nicht. In den nächsten Wochen feierten wir dort Kinderfeste. Später wurde in dem Kinderhaus eine Gruppe für Kleinkinder eingerichtet.

25.

Seitdem sie uns auf dem Katernberger Markt als Akrobaten gesehen hatten, änderte sich in der Schule einiges. Tommi hatte *I was made for lovin' you* von Kiss für uns ausgewählt. Die Stereoanlage war voll aufgedreht. Unsere neue Nummer mit Salto mortale funktionierte reibungslos. Ich flog durch die Luft und nach mir Aljoscha und Nicole, Mark fing uns auf. Wie Rocktänzer gekleidet, wirbelten wir herum und beendeten die Show im Handstand. Die fleißige Jennifer, die schöne Anja und Uwe, dessen Eltern am Abzweig ein Schreibwarengeschäft besaßen, klatschten und winkten. Am Rand warteten Tiger und Bär in ihren Tierkostümen mit der Drehorgel, die sofort zu spielen begann, als wir die Bühne verließen.

Die feinen Mädchen mieden uns nicht mehr. Jennifer klingelte nachmittags bei mir. Ich durfte ihre dicken, blonden Haare berühren, die zu einem langen Zopf geflochten waren. Wegen ihrer Haare galt sie als das schönste Mädchen in der Klasse. Selbst Anja konnte da nicht mithalten. Außerdem war Jennifer sportlich. Sie rannte schnell und konnte

Handstand. Um Punkt sieben oder bei Dunkelheit musste sie zu Hause sein. Zu ihr durfte ich nie in die Wohnung. Noch nicht mal ins Treppenhaus. Sicher besaß sie nur ein kleines Zimmer, ein kleines Bett, einen kleinen Schreibtisch und viele Puppen. Ihre Eltern wählten CDU. Deswegen dufte ich bestimmt nicht bei ihr rein. CDU-Wähler waren rechts, wusste ich von Dora. Sie behielten alles für sich. Ich versuchte Jennifer zu erklären, dass die CDU keine gute Partei sei, aber das interessierte sie nicht. Politik war für Erwachsene, fand sie. Mit Jennifer war es langweilig. Sie hatte Angst vor meinem Wellensittich und draußen durfte sie sich nicht dreckig machen. Nur einen Vorteil hatte ihre Bekanntschaft. Dschingis Khan war höflich in ihrer Anwesenheit.

Aljoscha und ich hatten genug Geld für Taschenmesser gespart. Mein altes hatte immer noch Svenja. Es sei ein Pfand unserer Blutsschwesternschaft hatte sie behauptet. Dafür bekam ich ihren Schutz. Bei Brinkmann neben dem Kaugummiautomaten waren wir Stammkunden. Meist kauften wir Hefte, Stifte oder Postkarten oder auch Sammelsticker, für unser Dschungelbuch-Album. Ich kaufte ein blaues Messer, Aljoscha ein rotes. Nun waren wir endlich gut bestückt. „En

Garde", forderte mich Aljoscha auf der Straße auf. Wir machten einen Spaßkampf. Mit den Taschenmessern fühlten wir uns wie Helden. Vor dem Laden zogen wir erst einmal eine Ladung Schnupftabak, den Aljoscha auch noch erstanden hatte. Der Kaugummiautomat ließ uns mittlerweile kalt. Dafür waren wir schon zu groß.

An der Ampel stand einer von denen aus der Gelsenkirchener. Die hatten Dauerhunger. Schon wieder ging er mich um Brot an.

„Hab nix", sagte ich ihm. Aljoscha zuckte mit den Schultern. Der Junge hielt mir die Faust unter die Nase. „Willse ma riechen?"

Ich schlug ihm in den Bauch. Er knallte gegen die Ampel.

„Wow", rief Aljoscha. „Du Arsch, das hast du davon, wenn du eine Drachenprinzessin anrührst."

Der Junge sah mich verdutzt an. Aljoscha schlug mir auf die Schulter. Es würde grün.

Es war Karneval. Jetzt war ich neuneinhalb. Dieses Jahr ging ich als Ritter. Dafür hatte ich ein Holzschwert gebastelt und eine Rüstung aus Pappe. Nicole ging als Prinzessin und Aljoscha als Clown. Wir liefen über die Straße Richtung Abzweig. An den Türen sangen wir „Das wir aus Essen sind, das weiß ein jedes Kind, wir reißen Bäume aus, wo keine sind", und bekamen dafür Bonbons oder Geld. Die Bonbons schmeckten mir nicht, aber sie waren wie das Hortgeld Tauschware. Meine Tüte war bereits halbvoll. Ich schleppte sie auf meinem Rücken wie Rumpelstilzchen. Wir klapperten den ganzen Nachmittag die Straßen ab. Bei Nicoles Omma bekam jeder von uns ein fünf Mark Stück und ein Fleischwurstbrot. An der Brücke mussten wir Svenja eine Handvoll Bonbons abtreten. Am Abzweig lauerte uns Dschingis Khan mit seiner Bande auf. Dschingis Khan trug einen gekauften Cowboy-Anzug aus Plastik. Er sah doof aus. Sie wollten uns unsere hart erarbeiteten Bonbons klauen. Einer seiner Untertanen, Thorsten, schlug mir mit seinem Schwert auf den Kopf. Ich fasste mit der Hand an meine Stirn, die sich feucht anfühlte. Die Hand war knallrot. Ich hielt das Blut Dschingis Khan vor die Nase. „Ich muss nach Hause", sagte ich. Er nickte. Nicole sah mich erschrocken an. Ich spürte keinen Schmerz. Aljoscha nahm meine Hand und zog mich weg. Das Blut tropfte mein Gesicht runter. Ich grinste. Immer hatte ich Angst gehabt, blutig geschlagen zu werden, aber es tat gar nicht weh. Zuhause musste ich mich auf den Küchentisch legen. Dieter wusch mein Gesicht. Er entschied sich für ein Pflaster. Nach draußen durfte ich nicht mehr.

Das Blut sollte gerinnen. Ich war die Heldin. Ich
wusste um meine Kraft. Nicht eine Träne hatte ich
verloren. Am Abend zählte ich meine Bonbons. Es
waren Tausendfünfhundertachtunddreißig.

26.

In der Brachlandschaft hinter der Eisenbahnlinie wollte Mark einen Toten gefunden haben. Wir stiefelten los, Aljoscha, Jo, Mark und ich. Dschingis Khan blockierte uns an der Hundewiese.

„Wie geht es dir?", fragte er mich. Ich fragte mich, was er schon wieder mit uns anstellen wollte.

„Gut", sagte ich bloß.

„Du bist ein tapferes Mädchen", sagte Dschingis Khan. Er war auffällig höflich. Vielleicht, weil er allein unterwegs war. „Wo geht ihr hin?", fragte er.

„Mark zeigt uns einen Toten."

„Darf ich mitkommen?"

Ich schluckte. Aljoscha sah mich an. Jo hatte sich bereits hinter Mark versteckt.

„Von mir aus", sagte Mark.

Der völlig veränderte Dschingis Khan stapfte hinter uns her. Wir krochen durch eine Hecke, überquerten die Schienen der Kohlenzüge und kamen durch ein Sumpfgebiet. Mark legte den Finger auf den Mund und machte uns ein Handzeichen, zu halten. Da sahen wir den Mann. Er lag mit dem Kopf in der Erde. Strubbelige Haare, Jeans und Hemd. Mark stieß den Mann mit dem Fuß an.

„Lass uns hier weg", sagte Dschingis Khan. Ich drehte mich zu ihm um. Die Angst stand ihm im Gesicht.

„Erst müssen wir herausfinden, ob der Mann wirklich tot ist", antworte ich.

„Genau", sagte Mark.

„Atmet er?", fragte Aljoscha.

„Glaube nicht", sagte Mark.

„Ich muss nach Hause", sagte Dschingis Khan. Er hatte sich schon zum Gehen gewandt und seine Stimme klang ganz hell.

„Was für ein Angsthase", rief Jo, „Dschingis Khan hat Angst vor Toten."

Wir lachten. Mark drehte den Mann um. Neben ihm lag eine Bierflasche.

„Das ist doch Otto von der Bude", rief Aljoscha.

Otto riss die Augen auf. „Was macht ihr denn hier", jaulte er.

„Zum Glück bist du nicht tot", sagte Jo.

„Nee. Dat dauert noch 'n bisschen. Ich habe sieben Leben."

Ich war mir sicher, dass er gerade eines seiner Leben verloren hatte, aber wie viele ihm noch blieben, wusste ich nicht. Dschingis Khan würde es nicht von uns erfahren.

Epilog

Als erstes verschwand Bär. Ihre Mutter verliebte sich in einen französischen Künstler und sie zogen in die Provence. Aljoschas Eltern trennten sich und ein halbes Jahr später zog er mit seiner Mutter nach Berlin. Silvias Mutter heiratete einen Ingenieur. Die beiden holten Silvia zu sich. Wenig später wanderten sie in die USA aus. Nur Mark blieb zurück. Er habe Wurzeln, sagte er, deshalb könne er nicht einfach so weggehen. Dora verliebte sich in einen Italiener aus Bologna, den sie auf einer Veranstaltung kennengelernt hatte. Jo und ich mochten ihn. Er nahm Jo oft Huckepack und kaufte uns viel Eis. Eines Morgens verkündete Dora mir unsere baldige Abreise nach Italien. Es war März. Jo sollte bei Dieter bleiben, wegen der Schule. Ich war schon groß und konnte allein lernen.

Dank

an meine Testleser,
die mir den Mut gaben, weiter zu machen,
Michael Krüger
Jürgen Friedrich
Elmar Haardt,

an meine Korrektorin
Adrienne Gerhäuser,

und an meine Lektorin
Nina Bußmann.